エレクトス・ウイルス　下

グザヴィエ・ミュレール

伊藤直子 訳

ERECTUS

Xavier Müller

竹書房文庫

エレクトス・ウイルス　下

登場人物

アンナ・ムニエ……………パリ国立自然史博物館所属の古生物学者
ヤン・ルベル……………海洋生物学者。アンナの恋人。
〈クルーガー・ウイルス〉感染者
ルーカス・カルヴァーリョ……世界保健機構所属の生物学者
ステファン・ゴードン……世界保健機構の感染症対策本部長
マーガレット・クリスティー……世界保健機構事務局長
ニコラ・バランスキー……パリ国立自然史博物館館長
マーク・アントネッティ……フランス軍軍医総監。ステファンの旧友
ダニー・アビケール……クルーガー国立公園責任者
カイル・アビケール……ダニーの孫
メアリー・アビケール……ダニーの娘
キャシー・クラップ……「人獣共通感染症」研究ユニットのリーダー
アクセル・カッサード……『サイエンス&ネイチャー』編集長
ペトルス＝ジャコバス・ウィレムス……〈クルーガー・ウイルス〉感染者
パロマ・ウエバー……製薬企業「フューチュラバイオ」代表

五章　生存者に対する蹂躙

一

地下に潜んでいる先史時代のラットたちは、そこがかりそめの避難場所だとわかっていた。ラットたちの多くは、一週間も前からまったく餌を食べていない。だが、敵であるドブネズミの臭いがすぐそこまで迫っている。ラットにはもはや選択肢がなかった。生き残りたければ、餌を探しにいかなければならない。しかたなしに、彼らはひっそりと隠れ家を出る。穴の開いたレンガから一匹、壁の割れ目から一匹、配電盤にいた家族も……。地下に張りめぐらされている迷宮じみたネットワークを駆けのぼり、自由を手にするために新天地に旅立った。

多くの人が、表の世界と暗黒の地下空間を隔てる障壁は、コンクリートや鉄柵で十分だと考えるだろう。だが、肋骨の形を変えることで一センチ以下の厚みになる生き物にとって、それはただの穴であり、障害物にはなりえない。

やがてあちこちの配管から、毒を持ったラットが十匹くらいずつ吐きだされていく。彼らは収集管に流れ込んで、数を増やしながら前に進む。そうやって、地下水路や下水道管を駆けぬけ、ついに人間の世界にやってきたのだ。

　ケープタウン発の飛行機が到着したというアナウンスが入り、ステファンは『ジュネーヴ最新ニュース』の紙面から顔を上げた。やがて、税関を抜けたアンナがロビーに現れた。彼女をひと目見るなり、ステファンは自分の評価が間違っていたことに気づいた。検索した画像で初めて確認した時には、その白い肌と褐色の髪の毛から、彼女を『トワイライト』のヒロインに例えたが、実物はもっとずっと美しい。挨拶代わりに笑いかけられて、エメラルドグリーンの瞳を好奇心で細められた時、彼はそれらしい言葉を苦心の末にようやくひねりだした。

「ジュネーヴへようこそ。ここは世界でもっとも汚染された街ですが」

「まさか、ジュネーヴのことをおっしゃっているの？」

「いや、ちょっとした冗談です。スイス国民はいかなる災いにもさらされておりませんし、何かあれば当局がすぐに動きます。秩序とクリーンをモットーにしている国ですから、何かあった場合の衝撃は推して知るべしですよ！」

　きまりの悪さから思わずユーモア口調になってしまったが、実際のところ、ＷＨＯの施策はまったくうまくいっていなかった。ＷＨＯは港湾都市の封鎖を押しすすめたのちに、警戒段階を引き上げ、学校の閉鎖を提言した。その本拠地であるジュネーヴでは、地下鉄と周辺一帯が封鎖され、代替バスが走っている。おまけに台数も足りておらず、発注した新車が納品されるまでは、老朽化でお払い箱になっていた旧車両を引っ張り出さなければならなかった。

状況は日々悪化の一途をたどっている。先史時代の犬とアーケオプテリクスは、ほぼすべてのヨーロッパの中心都市で写真に収められ、多くの緑地が屋外動物園へと変わった。残念ながら人間も、今では数千人規模で感染している。

感染症を食い止めるために、警察と憲兵のほか、軍人、予備役軍人、私設警備員等、あらゆる人員が動員された。だが、こうした措置にもかかわらず、ウイルスは世界の隅々まで浸食した。パニックによる暴動は増加するいっぽうで、それを阻止しようと軍が街中を走りまわっている。やがて、自分の命と財産を守るべく、いたるところに自警団が現れた。各国の元首が平静を呼びかけても、もはや祈りは誰にも届く気配がない。

こうした状況の常として、陰謀論者はもちろんのこと、これは神の罰だ、環境をないがしろにしていることへの見せしめだと訴える狂信者も数多くいる。

そのいっぽうで、現在進行形の突然変異に感嘆の声もあがっている。アンナは『ニューヨーク・タイムズ』で、カリフォルニアに巨大なセコイアの森が出現し、直径一メートルの星形をした緑色の花が咲いたことを知った。森林警備員は興奮してこう答えたという。

「あれは花じゃなくて、三億年前に生まれた最初の針葉樹の葉なんですよ！　あんなものが見られるなんて信じられない。わかりますか、我々は世界の始まりにいるんだ！」

タクシーに乗るや、アンナはステファンからヨーロッパ各国でとられている対策の説明を受け、それから、昨晩送っておいたレポートの礼を言われた。現時点で〈クルーガー・ウイルス〉について確認されていることが網羅されており、非常にわかりやすかったという。ルーカスいわく〝血圧が著しく低下しているため、大事をとって休息している人物〟の仕事とは思えないほどよくできていたらしい。

そうやって妊娠を隠してもらったと知った上で、アンナは返事をせずに微笑み、ブリーフィングの続きを待った。ホストに認められたとわかっていくらか気が楽になったし、このステファンは想像以上に情熱的で、至極まともな人物だと思えた。ただし外見は、白いシャツに、脱水機から出したばかりのような綿のズボンという、いわゆる〈国連の高官〉という言葉が持つイメージとかけ離れている。アンナが興味深げにステファンの顔を見つめていると、彼からまた謝罪があった。

「研究から遠ざけることになってしまい、申し訳ありませんでした。感染がどれほどの規模になるか誰も予想できなくてね。それでも、あなたがフランスに戻る前に、どうしてもお会いしたかったんです」

「どうか気になさらないでください。それに、ちょっとした寄り道ですしね。化石も恋人も、もう数日くらい待ってくれるでしょう」

アンナはヤンとの再会を思って微笑んだ。いくら〈クルーガー・ウイルス〉でも、渇望を鎮めること、喜びを邪魔することはできない。

彼女の幸せそうな顔を見て、ステファンもうなずいて言った。

「三人とも、南アフリカでは素晴らしい仕事をしてくださいました。あなた方の助けがなければ、ウイルスの発生源を特定するのにあと数カ月はかかったでしょう。ダニー・アビケールにも会ってみたいですね。ただ、ここだけの話ですが、彼は大丈夫だろうか。まさに感染が発生した地域で暮らしているんですよ」

「わたしもそこは心配しております。賢明な判断だとは思えませんが、ダニーはものすごく頑固ですから……。サバンナもヨハネスブルグも危険度が同じなら、自宅のほうが安全だと考えているのでしょう」

アンナが気がかりな様子でため息をつき、何か思いついたのか表情を輝かせた。そのまばゆいほどの美しさに、ステファンはまた息をのんだ。

「そうだわ。ルーカスから聞きましたが、〈クルーガー・ウイルス〉の解析に成功したんですって?」

「ええ、だいたいのところは……。動物、植物、ヒトの分離株を得て、それぞれのＤＮＡを分析しました」

先を促されて、ステファンが続ける。

「ヒト型株には、動物株と原子十個分の違いが表れています。信じられますか？　たった十個の原子で呪われてしまうなんて！」

「いずれ、このウイルスも変異してしまいますよね？」

「ええ、避けられないでしょう。仕事柄、これだけは学びましたから――人間は、生命の大海原のほんの一滴である、と。今現在、この地球上に存在する種は一千万と言われています。世界の始まりから数えたら百億だ。そのうちのたったひとつが、ほかと根本的に違うことがあり得ますか？　すべての種に襲いかかるポリモーフィック型ウイルスの攻撃を、人間だけが免れるものでしょうか？　本心では、私の予想が外れてほしいと願っているんです」

アンナは軽く微笑みながら答えた。

「ヒトは、系統樹でいうと〈哺乳類〉という小枝の末端に位置しているでしょう？　この先にはまだ、思わぬ事態が待っているのかもしれませんね。残虐性と知性を備えた四足歩行の人類が、二足歩行の犬にリードで引っ張られる可能性も、ないとは言えない。そう考えると、予想が外れる可能性だってあるかもしれませんよ、ゴードンさん」

「ステファンとお呼びください。私も心の中ではアンナと呼ばせていただいていますから」

「過去にはわたしたちが、見も知らぬ相手に償い切れない過ちを犯してきたことも事実だと思いませんか……ステファン」

「そうだ、〝過ち〟といえば、マレラネ付近で謎の研究施設が見つかったでしょう？　WHOはあそこにオリジナルのウイルス株があると確信して、即刻、南アフリカ政府に現地の立ち入り許可を求めたんですよ。ところが政府は今もなお、妨害工作を行っています」

「民間の機関なのでしょうか？」

「ええ。あそこは製薬会社のフューチュラバイオグループの土地でした」

「彼らと接触したのですか？」

「まだできていません。どうやら、我々はとてつもない規模の敵と闘っているようだ」

ステファンはアンナにＣＩＡの公印が押された紙を差しだした。そこには同グループに関する情報が要約されていた。


フューチュラバイオは南アフリカに商業登記された製薬企業グループで、熱帯病ワクチンの研究が専門。代表者はパロマ・ウエバー。

現在、南アメリカ大陸の植物相に関する特許を数百個所持。それをもとに、キナノキの樹皮から抽出したマラリアの治療薬や、ペルー原産のつる植物から抽出した赤痢の治療薬などが製品化されている。

同社は、グローバル資本主義において突出した存在となることを目標とし、その一環として、二〇〇九年、細菌性髄膜炎に感染した西アフリカ諸国（ブルキナファソ、マリ、ニジェール）に無料でワクチンを配布した。

この慈善活動により、社会に貢献する企業という評判を得るいっぽうで、怪しげな取引にかかわっているという指摘もある。最近、子会社のひとつが、ウガンダとスーダンで偽造医薬品の販売に関与した。副社長がアフリカ人政治家らを買収したとの噂も出ている。

アンナは驚いて叫んだ。

「何てこと！　ボーダーラインすれすれの企業だわ！」

「おっしゃる通りです」

「それで、南アフリア政府は協力してくれるでしょうか？　マレラネの研究施設への立ち入り調査に許可を出しますか？」

「まあ無理でしょうね」

「でも、緊急事態なのに！　そんなことをしている場合じゃないでしょう？」

「残念ながら、あの企業は政府に太いパイプがあるようだ。南アフリカ政府は煮え切らない態度を見せています。個人の利益とか、信頼関係が……、などと勝手なことを口にしていますよ。ただ、ウイルスがヒトに伝播した以上、こうした立場は維持できません。我々の要求にそう長いこと耳をふさいではいられないでしょう」

「なぜこれほどかたくななんでしょうか？　単なるラボなのに」

「フューチュラバイオは、簡単には触れられない国家の宝石なんです。総売り上げは国内で五本の指に入るほどだ」

　車内は重苦しい沈黙に包まれた。アンナはスイスに到着してから、自分自身になんとなくズレを感じていて、この頼りなさには複合的な理由があるのかもしれないと思っていた。疲れ、ストレス、期待感の積み重ね——。

（それとも、ホルモンのせい？）

　アンナは胎内で成長を続ける小さな存在のことを頭から追いやると、急に思いついて、ステファンに問いただした。

「わたしをスイスに呼んでくださった本当の理由はなんですか？」

「お気づきでしたか……。実は、フューチュラバイオの社長がジュネーヴに来ているんです。彼女は明日、ＷＨＯのシンポジウムに参加する予定でね。自社に関するほぼすべての権限は彼女が握っているので、本人に良識があるところを示してもらいたいんですよ。私はあなたにも、彼女に圧力をかける手伝いをしていただきたいんだ」

「わたしが？」

「退化の可能性に言及したのは、あなたが初めてでしょう？〈クルーガー・ウイルス〉が出現して以来、あなたの発言は学界で重要視されるようになったが、それについてはまだよくおわかりではないようだ。シンポジウムの議題は〈ジャンクＤＮＡ〉です。興味をお持ちですよね？　今回の調査をきっかけに、私はあなたから相当影響を受けたらしい」

アンナが弱々しく微笑んだ。疲れ切っているアンナの表情を見て、ステファンは彼女に対する配慮が欠けていたようだと、若干の罪悪感を覚えた。

ホテルに到着――ステファンはここにアンナの部屋を予約していた――すると、ふたりはまた正午に落ちあって、パロマ・ウエバーに直接交渉を持ちかけることに決めた。彼女が昼食を取る場所は、凄腕調査員のガブリエラの尽力によって、すでに見当がついている。ステファンは、明日のシンポジウムの前に交渉を成功させたいと、心から願っていた。

＊　　＊　　＊

パロマ・ウエバーのお気に入りは、街の高台にある〈コモ湖〉というレストランだった。この日、彼女は絶景を望む丸テーブルに座り、近づいてくる敵の姿には目もくれずに、書類を読みふけっていた。グロスホワイトの髪を短く刈り込み、頬骨が高く、鼻は若干肉づきがいい。口元は貪欲そうで、目つきは官能などないかのように厳しい。ワインレッドのワンピースは身体の線を際立たせ、エレガントな反面、人をまったく寄せつけない。つまり彼女は鋼《はがね》の鎧のような女性性《にょしょうせい》をまとっていた。

ステファンは給仕頭に邪魔されないよう、待ちあわせだと伝えて奥に進んだ。奇襲をかけるつもりだったのだ。アンナが黙ってあとに続く。丸テーブルのそばまで行って、ステファンがウエバーに触れる寸前まで身をかがめると、彼女はわずかに反応し、即座に冷たい笑みで表情を覆った。

「ウエバーさん、発表の準備中に申し訳ございません。WHOの感染症対策本部長をしているステファン・ゴードンと申します。こちらはアンナ・ムニエ氏です」

「こちらこそ、ごめんなさいね」ウエバーは書類をしまいながら返事をした。「仕事をせずにはいられないの。わたしのDNAをリプログラミングする薬を開発しろと、うちの会社にいる生物学者たちをせっついているのに、うまくいかないらしくて……。そちらはアンナ・ムニエさんとおっしゃったかしら？」

「優秀な古生物学者ですよ。〈クルーガー・ウイルス〉の封じ込めに、力を貸していただいています」

「まあ、お若いのね。どの時代の化石がご専門かしら？　白亜紀？　ジュラ紀？」

「わたしの研究テーマは、過去に起こったと考えられている種の退化です」

「何てこと、どうかしてたわ。あなたが、学会発表のたびに騒ぎを起こしているあの先生ね？　まったく存じ上げなかった。これほど存在感があるのに……」

ウエバーから意地の悪い微笑みが消えて、四つ星レストランの物静かな雰囲気の中に不愉快なほどの冷酷さが漂う。彼女はアンナから目を離すと、そっけなく言いはなった。

「茶番はやめましょう、ゴードンさん。あなたの意図は明らかですもの。政府が許可を出さないだけでは納得できませんか？」

研究施設への立ち入り調査を、代表であるウエバー自身が拒んでいることを認めたも同然の物言いに、ステファンが毅然として応じる。

「絶対に諦めません。納得できないことには徹底的に食らいつくよう、私も遺伝子にプログラムされているんでしょうね」

アンナは自分も闘いに身を投じることにした。ウエバーの何かが本能的に好きになれず、冷酷なところはもちろん、臆面もない態度に我慢ならない。

「ウエバーさん、あなたに選択肢はありません。マレラネの研究施設に入る許可を出すべきです」

「どうしてかしら、お嬢さん?」

「ウイルスがこの施設から漏れた可能性が高いと考えられるからです」

「考えられるだけ? それは証拠にならないわ。あなたは証拠をつかめる場所にいたのよね、そうではないのかしら?」

「この施設はウイルス感染の爆心地にあります。おそらくは、そこから〈クルーガー・ウイルス〉が拡散したのでしょう。疫学者であれば誰でもそう証言します」

「それも仮定でしかないわね。もう一度言いますよ。我が社は無罪です。感染症を広めた責任を押しつけられるなんてとんでもない、名誉棄損だわ。それに、一千万年前にフューチュラバイオは存在していませんよ、ウイルスのほうは、もう猛威を振るっていたらしいけれど……」

ウエバーのほうの論拠も、はったりで不安を隠しているのかと思うほど弱い。アンナはありったけの軽蔑の念をこめて、彼女をじろじろと眺めた。

「ふざけないでください、ウエバーさん。ウイルスが世に出たのは、間違いなくフューチュラバイオの責任です。確かレベル4の研究施設ですよね? そちらの研究員が、かつて存在していた生物学的メカニズムを再現させたんだわ。あなたがやらせたんでしょう？　新薬をつくるために、何らかの生命体を動かしたんじゃないですか？」

「何てばかばかしい！〈クルーガー・ウイルス〉がどう機能するか、説明できる生物学者が世界に誰ひとりとしていないのに、うちの研究員にそれができるの？　驚いた、素晴らしいニュースだわ！」

「では、なぜ建物が無人なのですか？　事故が発生したので、あなたが現場から退避させたんです。警備員のウィレムス氏が、きっと感染者第一号なんでしょう？」

「き、きっと！　これもまた推測じゃないの……。ずいぶんと想像力がおありなのね、お嬢さん。四十人の社員は自宅に戻しました。研究施設を移転させるためよ。あそこは大学都市から離れすぎていますからね。クルーガー国立公園の近くに研究施設を建てたのは間違いだったわ」

「ウエバーさん」ステファンも入ってきた。「諦めてください。明日にはメディアがあの研究施設の存在を知るでしょう。それにより、薬の売り上げに影響が出ないことを祈ります」

狼狽するどころか、ウエバーは立ち上がり誇らしげな笑みを浮かべた。

「それがあなた方の切り札なの？」

赤い革の書類鞄から雑誌の切り抜きを取りだし、ウエバーがテーブルにほうりなげた。

「今朝の日付よ。『サイエンス&ネイチャー』のサイトで同じ記事が読めるようね。どうぞお持ちになって。わたしは一部ありますから。楽しめると思うわ」

記事の見出し――《ウイルスが再出現した場所》――が太字で強調され、ページの下に、アンナがよく知るキューブ型の建物の写真が載っていた。ステファンは、がっくりきて頭を振った。

「ごめんなさい、ご挨拶抜きでもう行くわね。講演の前日はあまりお腹が空かないの」

ウエバーはほんの一瞬、人間らしさを感じさせるごく小さなウインクをした。

「記事の最後の部分はきっと興奮するわ。似たような現象を引き起こすウイルスが表に出てきたのは、一回だけじゃないの。過去に四回も現れたんですって。フューチュラバイオを悪者にしたいのに、これでは世論を納得させられないわね」

完全な敗北だった。ステファンはジュネーヴ屈指のレストランにいるというのに、まったく昼食を取る気になれなかった。彼はアンナと一緒に公園に向い、煌めく湖面を前に、静かに立ちつくした。アンナも動揺しておし黙っている。

ようやく気持ちの整理がつき、ステファンは肩をすくめた。

「行きつけの店が美味しいスズキのフィレを食べさせるんですが、いかがですか?」

「ええ、是非。あの……今日はごめんなさい」

「あなたのせいではありません。彼女を簡単に追い込めると過信していました。完全に私が悪いんです」

「そんなことありません。でも、何て人かしら。あんな人、生体解剖してやればよかった!」

「解剖しようにも、生身の人間に思えなかったな。むしろ鋼鉄製かもしれない」

「わたしたちが近づくのが見えていたんでしょう」

「ああ、くっきりはっきりとね……。あの情報は、講演のタイミングに合わせて、彼女が意図的にリークしたのかもしれません。フューチュラバイオの調査スタッフが、過去にもこの感染症が発生していたことをつかんでいたのでしょう」

「そうでしょうね……。ごめんなさい、わたしも四回の退化事例について知っていました」

「あなたも?」

「ええ、ずいぶん前に数回発生したこと自体はつかんでいたんですが、詳しいことはまったくわからなかったんです。ごく最近の研究で、ようやく時期がはっきりしたんですよ。ただ、わたしもウイルス性疾患については、重要視していなくて……。実は、発表したのがわたしの上司でしたから、周知の事実だと思っていました」

「我々が見逃していたようだ。知っていたとしても、大差はなかったでしょう。私にとって一番の痛手は、先ほどのチャンスを逸したことです。論拠が弱かろうが、フューチュラバイオはウイルスが自然発生したものだと証明するための時間が稼げる。南アフリカ政府は彼らに圧力をかけないでしょうから、それでまた数日、いや数週間のロスです」

「そういうことになりますね……」

と、その時、アンナの携帯電話に着信があった。

リュシー・ドール。

画面に表示された名前を見た瞬間、アンナは直観的に震えが走った。ヤンの同僚からの電話……。確かに連絡先は交換していた。だからといって、これまで彼女から電話がかかってきたことは一度もない。はっきり口にする必要もなかったが、互いに相手をよく思っていないのは明らかだ。なぜかはわからないが、彼女は自分に対して対抗意識を持っていた。いや、本当はわかっていた。彼女にとってもヤンは特別な存在だったのだ……。

(アタラント号がヌメアに接岸したなら、なぜヤンが電話をしてこないの？　いいえ、電話をどこかで落としたか、充電が切れたのよ。だから彼女に電話を借りて、わたしに前もって知らせておこうと……でも、いったい何を？)

アンナはステファンに断りを入れて少し離れた場所に行き、通話ボタンを押した。話を聞く覚悟ができても、口が渇き、声がおかしな具合にかすれてしまう。

「何かあったの？」

電話の向こうに沈黙が生じ、それだけで不安は激しい恐怖になった。そのあと、ひと言ひと言が、短刀で刺すようにして降ってくる。

「どうしても、わたしの口からあなたに知らせたかったの、アンナ」

「わたしに知らせる？」

アンナは突然、リュシーが黙って電話を切ってくれますようにと祈った。聞きたくない！　禍々しい何かが波のように膨らみ、巨大化して、自分を飲み込もうとしている。

「ヤンが病院にいるの。彼……」

病院。

（病院にいるなら死んでない。落ち着きなさい）

アンナは小声で言った。

「生きているのね？」

「ええ。アンナ、でも……」

リュシーはまた黙ってしまった。

（そうじゃない、って言って。違う、違うって）

脳裏をよぎる最悪の事態を打ち消そうとしても、言葉は勝手に口からこぼれ落ちてしまう。

「もしかして……〈クルーガー・ウイルス〉に感染したの？」

「ええ、その通りよ、アンナ。残念だわ」

「確かに〈クルーガー・ウイルス〉で間違いないの？　ほかの疾病の可能性もあるでしょう？」

「ヤンは〈クルーガー・ウイルス〉に感染したの。認めたくないけど、まぎれもない事実よ」

「どうしてそんなことに？」

「はっきりとした原因はわたしにもわからない。ただ……。ヤンがバシロサウルスと一緒に泳ぎたいと言いだして、それでふたりで海に潜ったの。感染したのはその時だと思う。でも、彼は元気だったのよ？　それが昨日……」

「今、どこにいるの？」

「初期症状が表れていたから、医師の判断でヌメアの病院にヘリコプター搬送されたわ。そこで診断が確定されて、そのまま入院している。昏睡状態なのよ。病院側によると、もう数時間で姿が変わってしまうだろうって……」

吐き気がこみ上げてくる。アンナは弱々しく答えた。

「わかった。これから行くわ」

「いいえ、来なくていいのよ、アンナ。これから彼はパリに移されるから。そのことを知らせたかったの。本当に残念だわ。また連絡するわね、決ま――」

リュシーの話を最後まで聞くことができずに電話を切る。そして、その場に立ちつくしたまま、アンナは打ちのめされていた。

ある思いが頭をもたげ、あまりに驚いて息をのむ。

（わたしのせいだ。わたしが彼を裏切ったから）

立っていられなくなり、崩れるようにして地面にしゃがみ込む。

（ヤン、あなたを愛しているのに……わたしが全部台無しにした）

後悔のあまり吐き気が強くなって、不安に飲み込まれそうになる。ただ、このままずっと罪悪感にとらわれていたら、自分がおかしくなることはわかっていた。何て高くついた火遊びだったのか……。

同時に、ヤンに対して、彼の同僚に対して、そして自分に対して、怒りがこみ上げてきた。なぜ自分から危険に飛び込んでいった？　港と船は真っ先に感染がわかった場所ではないか。誰も注意喚起しなかったのだろうか？　少なくとも、自分は警告してあげられたはずなのに！　あれほどばかげた箝口令に、従うべきではなかったのだ！

後悔とやり場のない怒りが、どしゃぶりの雨よりも強く降りかかる。そのあまりの激しさに、アンナはうずくまって嗚咽した。いや、自分のせいにしないで、運が悪かったと認めるべきではないか？　でも、そうしたところで何の意味があるというの？　何も変わらないのに……。

誰かが自分を立たせて、ぬいぐるみのように動かしているのがわかった。ステファンの声が頬をくすぐる。

「大丈夫だ、私に寄りかかりなさい。我慢しなくていい、アンナ。泣きなさい」

閉じていた喉から、うなるように悲鳴が漏れた。枷《かせ》が外れ、後悔と絶望が胸を引きちぎりながら弾丸のように飛びだしていく。泣くだけ泣いて、アンナはついに抜け殻になった。


ステファンはその夜、何も話さなくなったアンナを空港に連れていった。アンナとしても、ジュネーヴにいる理由は何もなく、ヤンが帰ってくる日時が不明であろうと、先にパリに戻り、彼を迎える準備がしたかった。知らせを聞いてショックを受けたあと、彼女はほぼ口を開かず、絶望のかたまりになっている。ステファンはどうやってもアンナを慰められず、彼女の物言わぬ苦しみを前にして、かつての自分を思い出していた。

アンナがひとりきりで悪夢と闘わずにすむよう、彼は彼女が搭乗するまでかたわらに寄そった。そして彼女に約束した。関係各所と、受け入れの陣頭指揮をとるはずの軍医総監に協力をあおぎ、できる限り力になる、と。


まったく眠気を感じないまま一夜をすごしたステファンは、パロマ・ウエバーの講演に備えてＷＨＯの大講堂に向かった。夜が更けるに従い確信は深まっていた――フューチュラバイオは間違いなく〈クルーガー・ウイルス〉の出現に関与している。今、彼は講堂の最前列の、講演台の真ん前に陣取っている。そして何よりも、アンナの悲しみに心が揺さぶられていた。パロマ・ウエバーには自分が勝ったと思わせたくなかった、絶対に。

早朝、彼はチームとともにふたつの仮定を立てていた。ひとつ目は、フューチュラバイオがクルーガー国立公園でウイルスを発見し、二〇一一年にそのための研究施設をつくったというもの。彼らの間違いは、野生動物の密売人を警備員として雇ったことで、結果的にその人物がウイルスを持ちだした……。ふたつ目の仮定は、フューチュラバイオこそが、問題の震源だったというものだ。同社の研究者が〈クルーガー・ウイルス〉を創造した、あるいは既存のウイルスに手を加え、それを、意図的かどうかは不明にせよ、自然界に解きはなってしまった……。

もちろん、どちらのシナリオであっても責任はフューチュラバイオにある。そのいっぽうで彼女は、自分たちが悪いとわかっていながら、過去の自然界に責任を転嫁するシナリオを整え、明らかに優位な状態にあった。こうした状況下では、脅しと交渉のバランスを見極めて行動しなければならない。

やがて、パロマ・ウエバーの講演が、あくまでもクラシカルに、状況を考えるなら衝撃的なほど厚かましく幕を開けた。

「……ということは、遺伝的遺産であるDNAの九十八パーセントが、まったく役に立っていないということでしょうか？　ヒトゲノムは三十億の塩基対《えんきつい》を持つというのに、我々の身体はそのうちの数億しか使っていないということでしょうか？　こんなことが信じられますか？　だからこそ、わたくしどもフューチュラバイオは、この十年でもっとも巨大な世界的プロジェクトのひとつと称される〈エンコード〉に、大々的な投資をさせていただくことを決意いたしました。わたくしどもは、ハーバードやMITをはじめとする、アメリカの名だたる大学に在籍する約四百名の科学者たちとともに活動できることを、誇りに感じております。ですからわたくしが、〈エンコード〉は、ガンやアルツハイマーといった疾病を治療する、前代未聞の画期的方法への道筋を開いた、と申し上げましても、それはひけらかしているのではございません……」

ステファンは、輝かしい未来を約束するよく練られた演説を追っていくうちに、傷のついたレコードを聞いている気分になった。確かに、衝撃的進歩はなされたのだろう。だが、それまでに、科学者たちはどれほど暴走し、自分たちのしでかしたプロトコールの失敗を前に、何度意見を変えたのだろうか。何より、彼女はいったいいつ世界情勢に言及するのだろう？　自分たちに批判の矛先が向けられないために、どの角度から？

「わたくしどもは〈エンコード〉のおかげで、ジャンクDNAの奥底に、ある種のコントロールボードがあることを発見するにいたりました。このコントロールボードには、数百万のスイッチがあり、その点灯によって我々の遺伝子活動を調整し、どのユニットを用いる、あるいは用いないかを決定します。このスイッチが無ければ一貫性を維持できず、我々は迷ってしまうに違いありません。我々のゲノムは、ある遺伝子が〈点く〉のか〈消える〉のかを決める、これら数百のボタンのおかげで機能しているのです」

最後の発言にステファンの動きが止まった。

これこそが〈クルーガー・ウイルス〉の働きではないか？

沈黙している遺伝子を〈クルーガー・ウイルス〉が目覚めさせた――つまり、消えていた遺伝子を煌々と点灯させたのではないか……。用語としても近く、考え方も等しい。ステファンは身勝手にも、ここにアンナがいないことを残念に思った。

自分は今、確実に何かをつかんだ。

片耳で講演を聞きつづけながら、彼は必死になって考えていた。フューチュラバイオの科学者たちが、ジャンクDNAの中から、退化を司る遺伝子を目覚めさせるスイッチを発見していたとしたら？　科学的に見てもこの仮説はまったく非常識ではなく、フューチュラバイオには間違いなくこうした偉業を実現させる力がある。

ステファンは背筋が震えた。

檀上で、パロマ・ウエバーが喝采を浴びている。口がうまく、人の心をあやつることに長けていると証明されただけなのに、聴衆は明らかに熱狂していた。

最終的には、〈クルーガー・ウイルス〉への言及を巧みに避けたことで、ウエバーはこう言いたかったのだろう。

「わたしたちはあなたより強い。WHOの圧力では何も変わらないわ！」

彼女の退出に合わせ、ステファンは、会談の約束を取りつけるまでは一歩も引かない覚悟であとを追った。ところがあっという間に見失い、最後は鋼鉄の扉にさえぎられた。

二

　久しぶりのパリは、恐ろしいほど変貌を遂げていた。市街地に入ったのが夜だったにもかかわらず、大通りの街路樹が目に留まった時、アンナは苦しみで朦朧《もうろう》となりながらもそれに気づいた。樹齢百年のプラタナスが薄紫の花を咲かせている。まさしく、南アフリカに咲いていたあのモクレンだろう。そこかしこで軍用トラックが走り、あるいは交差点で待機している。歩道では、人々が集団になって足早に移動していた。

　アンナは目の前で起こっていることがよく理解できなかった。慣れ親しんでいた世界が崩壊してしまったのだ。パリの街だけでなく、自分の存在と、生きる理由も……。

（あなたなしで、どうすればいいの……ヤン？）

　彼が死んだも同然の苦しみだったが、実際に死んだわけではない。だから、彼を失ってしまったようにも振る舞えない。ある意味で最悪の状態だった。

（いいえ、最悪は違うでしょう。最悪はいなくなることじゃない！）

　きっと、新しいい肉体にも彼を思わせる何かが、ふたりの愛だとか、かすかな思い出があるはずだとアンナは思った。キスをした時の彼の唇の味とか、匂いとか。何でもいいから、見つけるつもりだった。

アパルトマンに戻ると、残っているすべてが愛するヤンを思い出させた。椅子の背にかけっぱなしのシャツ。廊下に脱ぎちらかしてある古いスニーカー。ベッドの足元の右側に積み上げられた雑誌。最後に彼が洗って水切りかごに置いたままの食器。そして、あちこちに転がっている静寂……。死を思わせる静寂が、鉛の蓋のように圧しかかり、ズキズキと頭が痛む。

その夜、アンナは荷ほどきする気になれないまま、部屋の中をただ動きまわった。そのうちに、その日最後のテレビニュースが始まり、政府による新たな指示が周知される。今回は、セーヌ川河岸、ウルク運河、サン・マルタン運河、ラ・ヴィレット貯水池、各地の公立公園とブローニュの森が、新たに立ち入り禁止区域の指定を受けた。一部行政機関も、基準に達していないことを理由に閉鎖となった。ニュースが終わると、アンナはしかたなしにベッドに入り、どうにか数時間だけでも眠った。

翌朝、ついにリュシーからメッセージが届き、圧しかかっていた重みが一段階和らいだように思えた。ほんのわずかであっても、アンナはそれだけで息が楽になった。

『ヤンが今晩ヴァル＝ド＝グラース病院に移されました。心はあなたとともに。リュス』

そのすぐあとに、ステファン・ゴードンからもメッセージが届いた。

『軍医総監のマーク・アントネッティが、きみに面会の許可を出した。入院先はヴァル＝ド＝グラース病院。そこでフートラン医師を訪ねるといい。感染者の治療にあたっている医師団の責任者だ。きみが行くことは知らせてある。きみを思っている。ステファン』

（ステファン、約束を守ってくれたのね……）

アンナはすぐにシャワーを浴び、発掘に出かける時のような服を着込んだ。ジーンズ、Tシャツ、薄手の上着。それから身分証と現金、手帳も……。身支度を整えながらも、このあとの面会のことで頭がいっぱいになっている。自分は彼を見分けられるのか、彼は自分のことを認識できるのか、それが心配だった。

早く着きすぎないように、迎えのタクシーを十時に予約する。地下鉄はもはや動いておらず、臨時バスによってどうにか補われている。もっともアンナは、ヴァル＝ド＝グラース病院まで行くバスがあるかを確認する気力もなかった。

九時五十五分、ふたりの部屋を真下の歩道から見上げ、もはやこれがふたりの部屋でないことを理解した。

(あなたの部屋よ、アンナ。今はもうあなただけの部屋なの。彼はこれから病院で暮らすんだから。でも、いったいいつまで？　そのあとはどうなるの？)

必死に泣くのをこらえているせいで、喉が痛む。

タクシーは十時きっかりに到着した。運転手は感じがよく、それほどおしゃべりではない。何か尋ねられても、ひと言しか返さないでいると、早々に話しかけてこなくなった。

車はまったく前に進まず、全パリ市民が外に出ているのかと思うほど、すさまじい渋滞が発生している。リュクサンブール公園まで来たところで、前方に、犬を追ってキツネの群れが飛びだしてきた。間髪を入れず、サイレンを鳴らした警察車両がタクシーを追いぬき、固く閉じられた公園の門の前で急停止した。

車両から次々と、黒い防護服にシールドつきのヘルメットをかぶったフランス国家警察特別介入部隊(ＲＡＩＤ)の男たちが降りてくる。彼らはあっという間に銃を構え、いっせいに銃撃を始めた。走りまわっていたキツネが二匹倒れ、残りは逃げていった。

(こんな街中で狩りに立ち会うなんて……)

歩道にいたカップルが、ベンチのうしろにひざをつき、両腕で頭を守っている。車から降りて近くまで行こうとする者は誰もいない。タクシーの運転手は、わざとらしいほど落ち着いていた。そうすれば話しかけられると思っているのかもしれない。だが、アンナは何も訊かなかった。ウイルスのことも、先史時代の動物がノーマルにとってどれほど危険であるかも話したくなかった。世界の終わりが迫っているというスピーチは、耳にするのもおぞましい。やがて車が動きだし、三百メートルほど進んだモンパルナス大通りでまた止まった。

アンナは渋滞に耐えられなくなり、料金を精算して歩くことにした。通りは車だけでなく、人もあふれかえっている。遠くのほうで、不当価格に反対するシュプレヒコールがあがっていた。《生活費が高すぎだ、借金で殺される》《パンは命だ》と書かれたプラカードが振りまわされ、《パン×4、野菜×6、果物×10——これっぽっちじゃやもうもたない》という横断幕も見える。

デモ隊の間をかきわけながら、アンナは一心不乱に進みつづけた。昨日見たテレビニュースによると、収穫量の著しい低下予測を受けて、食品の原材料相場が高騰しているという。経済の専門家らは、〈クルーガー・ウイルス〉の伝播スピードを見る限り、今後数カ月にわたって、状況は悪化の一途をたどると予想している。そのせいで、穀物の備蓄は十分あるにもかかわらず、先進国はパラノイア状態に陥っていた。黙っていられないS

NSが、これでもかというほど煽動的な噂を拡散し、当局が理性に訴えたところで、ネット上には〈飢饉〉〈欠乏〉〈割当量〉さらには〈配給チケット〉まで、ヒステリーまがいの言葉が飛び交っている。

と、男がアンナの上着をつかみ、手にチラシを押しつけてきた。

「世界の終わりが来るのに政府は何もしない！」

アンナは男を押しのけ、どうにか行列を抜けだすと、ポール・ロワイヤル大通りを進み、ついにヴァル＝ド＝グラース病院に到着した。門のところに兵士が立っていたが、身分証を提示するだけで通された。総合受付で五十四号室に行くよう案内される。ステファンから紹介されたフートラン医師は、病棟にいるらしい。エントランスホールを抜けて両開きの扉を出たところが、一階の隔離病棟だった。

胸の鼓動がどんどん激しくなっていく。あえて周囲を見ないよう指示のまま歩いていくと、やがて五十四号室が現れた。部屋に入る前に、ダーバンの病院と同じくエアロック室を通る必要があった。ふいに眩暈に襲われ、とまどっているところに男がやってきた。何か話をしている。アンナは男の言葉に集中するため、凄まじい努力を強いられた。

「……鎮静剤の影響でまだ意識はありません。ニューカレドニアのメディカルチームは、移送の手間を考え、あえて昏睡状態を続けました。私たちはあなたをお待ちして……」

アンナは機械的にうなずいた。男が防護服とサージカルマスクを差しだす。準備ができたのを見て、男が中に入るよう合図を出してきた。マスクと吐き気のせいで、息がしづらい。震える手でエアロック室の扉を押す。病室にはベッドがあって、灰色のカバーが見えた。寝具から顔が出ている。覚悟していたはずなのに、アンナはショックで茫然となった。

ヤンの肌はくすんでいた。大きく張りだした骨のせいで額の形が変わり、頬からだいぶ離れた位置に強そうな顎がある。鼻は平べったく、大きな口が半開きになっていて、光っている歯が見えた。

一歩前に進んだ。姿が変わってしまっても、やはりヤンだった。ダイビング中に傷を負った右耳の手術痕が残っている。ある日、怒ったウツボに耳たぶを食いちぎられたのだ。アンナは、どういう奇跡が起こって、このおかしなふくらみが残っているのかと不思議に思った。ひょっとしたら、ほかにも彼だとわかる何かがあるのだろうか。

もう少し、触れるほど近づいたが、まだ決心がつかない。代わりに、顎まで覆っていた寝具を持ち上げた。何も服を着せられていない。愛する男の変わりはてた姿を初めて見るのがこの無防備な状態だったので、アンナは胸が締めつけられる思いがした。ヤンは縮んでしまっていた。上半身はずんぐりとして大きく、腕は筋肉質で、足にはまばらに毛が生えている。危うく気を失いそうになった。彼がいない苦しみをこれほど強烈に感じているのに、彼はここにいるのだ。こうしてベッドに横になって……。

ついに悲しみが爆発し、我慢していた涙が一気にあふれた。

ヤンの肌からムスクの臭いが漂ってくる。ただし、いつもより獣じみて感じた。見た目の変化よりも、それがいっそう喪失感をあおる。目の前にいる存在は、自分が愛した男ではない。それでも、この存在は彼の何かをとどめている……。

ふいに声が聞こえ、アンナは正気を取り戻した。

「マダム……」

頬をぬぐい、嗚咽をこらえる。

「ごめんなさい……」

「お気持ちお察しします」

フートラン医師が心配そうにアンナを見つめている。丸顔のずんぐりした体型と温かな視線は、軍医のイメージとかけ離れている。彼はアンナが落ち着くまでしばらく待ってくれた。

「ご両親に知らせましたか？」

「ヤンには母親しかいません」アンナは口ごもった。「今はアルツハイマー病を患い、療養型の老人施設に入居しています。高齢ですし、息子に降りかかったことを理解できるとは思えません。知らせないでおいたほうがいいのではないでしょうか」

「確かにそのほうがよさそうだ、マダム・ルベル」

　アンナは間違いを指摘しなかった。ヤンのファミリーネームで呼びかけられると、彼との距離が縮まったような気がする。

「準備ができていれば、いつでも起こせますよ」

「ええ、お願いします」

　医師がエアロック室で待機していたふたりの看護師を招きいれた。入ってくるなりふたりでヤンをベッドの柵に縛りつけ、ひとりが静脈に注射を打つ。その後、ふたりそろって慎重に距離を取って離れる。アンナはショックで倒れてしまわないように壁に寄りかかった。間もなくヤンが目を開ける。自分を覚えていてくれるだろうか？　ほんのわずかでいいから……。眠っている限り、希望はあった。だが、内心ではわかっていたのだ。目が覚めると同時にもうひとりが完全に彼を占領する。自分が自分であることを忘れたヤンは、いったい誰なのだろう？　彼はまだ人間と呼べるのか？　それとも、ホモ・エレクトス？

　アンナは震え上がった。

　瞬く間に目覚めの兆しが表れる。指に神経性の揺れが走り、まぶたが震えて、小さくうなり声がした。突然、目を大きく見開いた。瞳の青が消えて、不透明な茶色に変わっていた。

「ああ、何てこと！」

アンナは思わず口に出した。ヤンはそれに反応することなく、ただ驚いてあえいでいる。起き上がろうとしたがうまくいかず、自分を縛るものすべてを揺さぶった。アンナは激情に駆られ、叫んだ。

「ヤン！」

彼はこちらを見ようともせず、恐怖で身震いしながら室内をじっと観察している。

（彼のほうがパニックを起こしているんだわ……）

「わたしたち、パリにいるのよ、ダーリ……」

最後まで言い切ることができず、言葉を飲み込んだ。彼を愛していても、もう意味をなさない。そこにいる猿人のような彼を愛しているわけではないのだ。愛しているのはかつての彼……。

（あれはヤンよ、あなたのヤンなの。たとえ、退化したとしても……）

それでも、彼をこれ以上怯えさせないように、小声で話しかける。

「わたしはアンナ。あなたの名前はヤン・ルベル、職業は海洋生物学者」

相変わらず、まったく注意を向けてこないので、アンナは声量を上げた。

「アタラント号は覚えている？」

自分だとわかってもらえなくても、馴染みの声のトーンで落ち着いてほしいと願う。すると、奇跡的にヤンがこちらを向いた。不透明な瞳には、愛情の欠片も見あたらない。

「パリは覚えている？　わたしたちは、あなたとわたしはここで暮らしていたのよ」

アンナは手を上げてみた。ついにヤンが、それを目で追った。言葉より動作のほうが反応がいい。この方法で続けていけば、きっと、沈んでしまった思い出が浮き上がってくるはずだ。記憶は映像と音になって、ヤンの奥底にとどまっているのではないか。

「アンナ」自分の腹部を指差して彼女は言った。

いっぽう、メディカルチームはアンナの試みを注視していた。フートラン医師は、まさにこの瞬間を期待して面会の許可を与えたのだ。彼は、エレクトスと、できれば科学の素養がある親族を面会させ、その行動を分析したいと考えていた。アンナ・ムニエならば願ってもないチャンスと言える。

ヤンが目を細め、頭を横に倒した。もはや頭部に毛が生えていないので、頭皮に皺が寄るのがわかる。ヤンは途方に暮れ、どうしていいかわからないまま彼女の指を見つめている。

「アンナ」身振りを大げさにしてアンナはもう一度言った。

するると、鼻をひくつかせ、少し顔をしかめる。アンナは理解の兆しだけでいいと願いながら、ヤンを指差した。

「ヤン・ルベル。あなたは生物学者で、専門は極限環境生物学。砂漠に行って、乾燥地帯で生存可能なバクテリアを探した。あなたは世界中の海に潜って、生命発祥の秘密を探った。ヤン・ルベル」

言葉のリズムに慣れたようなので、アンナは反応を期待し、そのまま続けた。

「あなたはイゼール県のグルノーブルで育った。お父さんの名前はジョエル、お母さんの名前はアニエス。お父さんは、週末ごとにあなたを連れて山に登った。お父さんは、あなたが十五歳の時に心臓発作で亡くなった。あなたはずっと山と登山が大好きで、それを仕事にしたかったけれど、不幸にも転落事故にあってしまった。そのあと、あなたは生物学者になった。あなたはいつも言っていた。今思えばあれはチャンスだった、と。それに、あの事故がなければ、わたしたちは絶対に出会えなかった、と。あなたはわたしに指輪を贈った。隕石の指輪を……」

これ以上言葉をかけつづけたら泣きだしてしまいそうで、アンナは黙り込んだ。メディカルチームの好奇の目にされされるのもつらかったが、ヤンがゾンビのような目で自分を見ていることに耐えられなかったからだ。世界が足元で沈んでいく気がして、見世物になりたくなくて、アンナは足早に部屋を出ていった。

廊下でようやくひとりきりになり、ひきはがすようにマスクを外して息をついた。ヤンを失った胸の痛みがはらわたまで蝕んでいるようで、わめきちらしそうになる。また涙があふれ、ひたすらつぶやいた。

「ヤン、ヤン、ヤン……」

名前を呼びつづけていれば、ヤンを取り戻せるとばかりに……。だが、返ってきたのは、うめき声の残響だけだった。

三

ワシントンの保健福祉省で長官を務めるネッド・ラッシュは、健啖家《けんたんか》としても知られている。この時間帯は、いつもなら週末の旅行の準備にとりかかっていた。だが、世界に広まる非常事態下にあっては、それもできそうにない。

残念がっているところに机の上の電話が鳴った。

ラッシュはため息をつき受話器を取った。

「どうした、アリソン？」

「マーガレット・クリスティー氏からお電話です、WHOの」

「わかった、つないでくれ。ああ、きみはもう帰ってもいいぞ。あとは自分でやれるから」

「ありがとうございます。ではお先に失礼いたします」

話に入る前に、彼は気を引き締めた。スイス時間の午前三時過ぎに電話をかけてくるとは……少なくとも軽い話でないことは間違いない。

「マーガレット、私に手伝えることがありそうかな？」

「ありそうかな、ですって？　あるに決まっているじゃない！　状況は刻々と変わっているの。どんな内容であろうと、決定を下す前には、意見のすりあわせができるか確認しなきゃならないのよ。今回は、手をこまねいて見ているわけにはいかないわ」

WHO事務局長の脳裏に〝悪しき前例〟が思い浮かんでいることは明白だった。二〇〇九年に発生した新型インフルエンザ（H1N1）の際の不手際が、今もなお悪夢として残っているのだ。ラッシュは話の続きを聞くために彼女の言葉を待ち、クリスティーはまた口を開いた。

「今後の展望がよくないの。そろそろ足並みを揃える時ね。ヨーロッパと新興国の間だけじゃなく、南北の対立も、民主主義と独裁主義の対立も忘れて、世界レベルで努力の方向をシンクロさせたいのよ」

「いやはや！　ロシアと中国の同輩が、きみの筋書きに感化されてくれればいいのだが……」

「間違いなく感化されるわ。でもね、親愛なるネッド、はっきり言って一番簡単だったの、あなたに一番のりになってもらうのが」

「わかったよ、マーガレット。そうと決まったら、ハンバーガーを注文してきてもいいかな？」

「そうね、今のうちにスタミナをつけておくべきだわ」

四

日がたつにつれ〈チーム・クルーガー〉――ジュネーヴのＷＨＯでは、ステファンの緊急対策チームがいつの間にかこう呼ばれるようになった――のオフィスは、あらゆるもので埋めつくされた。壁にはモニターが所狭しと並べられ、常に世界中のニュースが流れている。いつもは音量を絞っているが、その日の感染者数を聞く時だけ、ガブリエラが音量を上げる。この日の十八時、確認されたエレクトスの数は五万千二百三人に達した。

ステファンは、マーガレットや幹部たちとの会議が終わったところだった。ＷＨＯは全会一致で、感染症の警戒レベルを最大にまで引き上げることを決めた。つまり、各国の政府に向けて、こう宣言したことになる。

「まったく新しいタイプのパンデミックが発生しました。あなた方は、国民を守るために、徹底的な対応策を取らなければなりません」

疾病管理予防センターの、ヨーロッパの代表者であるマーク・ベッカーと、アメリカの代表者であるアーサー・マコーミックには、ステファン自身が伝えた。ふたりはあれから協力的になり、政治家にも警告を伝えると約束してくれた。

世界に先駆けて、アメリカ合衆国大統領が演説を行った。彼は〈エレクトス〉という言葉を初めて公に用いる人物にもなった。

大統領は国民に向けて、ホワイトハウスから厳しい表情で語った。感染症が南アフリカ、韓国、ニューカレドニアに続き、世界中に広がっている状況下では、すべての病院の救急救命室が、感染によって退化した患者を受け入れる態勢を整えねばならない。そのために、合衆国の航空輸送は、救助任務と経済交流に制限されることになるだろう、と。大統領はまた、仕事以外は自宅にとどまるよう国民に促し、農村部には物資の支援を開始すると約束した。

続いて、保健福祉省の補佐官が登場した。彼は、調査の結果、すべてのウイルス感染者が先史時代の動物に刺された、あるいは噛まれたと断定できなかった現状では、念のため、または反証が確定するまで、できる限り性的接触は控えることと、軽いキスであっても唾液感染の恐れがあるので、控えることが望ましいと訴えた。

ヨーロッパの指導者たちも、早急にほぼ同様の演説を行った。途上国も西側諸国と足並みを揃え、災禍を阻止するための対応策を取った。アフリカとアジア（特にインド）の数カ国は、この機会に乗じて夜間外出禁止令を発布した。全世界的に米と油の価格が異常に高騰し、暴動が起こり、死者も出はじめている。中国政府だけは沈黙を守ったが、国の独自政策に慣れているとは言え、ジャーナリストや専門家たちも今回ばかりは黙ってはいなかった。

フランスでは、大統領府の危機管理室が、新たに加わった五十人の専門家と各省の参事官らによって再編成された。その後、大統領が警戒を呼びかける演説を行った結果、ウイルス用につくられたフリーダイヤルが、いっせいにかかってきた電話でパンク状態になった。内務大臣による比較的楽観傾向の予測は受け入れられず、国全体をパニックが覆いはじめ、メディアはまったく民心の安定を図ろうとしない。そんな中、ルモンド紙は《クルーガー　戻れない旅》というタイトルで特集を組んだ。発行部数は異例の百万部にのぼった。

感染を抑えるだけではパンデミックは止められないとわかっていながらも、ステファンは周囲に蔓延する絶望感に抵抗を貫いた。ワクチンの開発が急務であり、世界規模であらゆる研究機関に協力を依頼した。

マーガレットは生物学的反撃を担える委員会の設置を決めた。彼女に命じられ、ステファンは〈チーム・クルーガー〉とともに一晩かけて有望な候補者を洗いだした。この過程で、スタンドプレイに走る科学者の存在や、科学界で猛威を振るうエゴの闘いが明るみになった。だが、新たな委員会では、不毛な衝突は絶対に避けねばならない。何としても、きわめて有能で、この途方もない挑戦——種の退化を引き起こす前代未聞の生化学的機構を理解すること——を盛りたてるための革新的アイデアを受け入れてくれる人材が必要なのである。最終的にステファンたちは、独創性、生産性、補完性の三つの基準をもとに選考を進めることとした。

九月十二日の早朝、ステファンのリストに十人の名前が並んだ。数時間後、疾病予防管理センターのベッカーとマコーミックからいくつか修正があった。彼らも委員会に何らかの爪痕を残したかったのだ。ひとたび候補者が決まると、ステファンはひとりひとりに連絡を入れて、無事全員の参加を取りつけた。

十人のメンバーのうち五人がノーベル賞受賞者であり、そのひとりであるスウェーデン人生物学者のリン・ヴィシュナーが、この委員会の代表者に決まった。

カイルの日記

ママとおじいちゃんが、昨日の夜けんかした。ふたりとも、もうおそいからぼくがねていると思っていたみたい。ママは、ウイルスがこわいから、おじいちゃんに、シェルターで働いたらいけないと言っていた。ママは、「先史時代の動物が三頭いるなら、シェルターから追いだせばいいのよ！」とさけんだ。おじいちゃんは「できるわけがない」と返事をして、そんなことをしたら、ほかの動物に食われるし、動物のせわは自分の仕事だし、特に今は、じゅう医と、研究者と、ぜんいが必要な時だと言っていた。

おじいちゃんは、もうぼくをシェルターにつれていきたくないけど、〈四つ牙〉はすごく元気だと教えてくれた。

ぼくは先史時代のトリがたたかっているところと、パキケトゥスと、毒ネズミを見たけど、ぼくは死んでいないし、あんまりこわくない。今は、外に出る時は、長ぐつをはいてから、ものすごくくさい虫よけをべたべたぬらないといけない。たぶんよぼうのためだ。

しかたがないから、屋根うら部屋にひみつきちをつくっていいと言われた。さいしょにテンダイが入って、だいじょうぶか部屋の中をかくにんして、それから悪いけものが入ってこないように、がんじょうなしきりを二重につくった。中にはベッドと、いすがふたつと、箱と、机と、クッションがあちこちにある。絵とポスターとミニコンポも。そのうち、シフォとピーターが遊びにくる。たぶん、トーチカにいるみたいな感じかな。ここは、おとなが入ったらだめだ。ぼくは紙に書いた。

《親と、先史時代の動物は、立ちいりきんし》

おじいちゃんがすごく笑っていた。

五

ジェレミーの母親は不安を鎮めようと、キッチンの椅子に腰かけて甘ったるい恋愛小説を読んでいた。息子が出かけてからもう二時間がたった。最近パリでは物騒な事件が頻発している。この界隈でも、ごく普通の人々が早朝のスーパーを襲撃し、最後の缶詰まで強奪していった。それを知って、彼女もその店に行ってみたが、食料品は何も残っていなかった。パリの住民は頭がおかしくなっている。食料確保のために戦いが起こっても、彼女のような弱者は震えて見ているしかない。

玄関で鍵の開く音がして、彼女は心からほっとした。だが、戻ってきたジェレミーは、何も持っていない。

「手ぶらかい?」

「店はもうどこも開いてない。このあたりは全部見てまわったんだ。心配するな、大型スーパーに行ってみるから」

「ジェレミー、みんな街を離れているよ。あたしらもそうしなきゃ。よく考えてみたけどね、あんたの父さんの家に避難するのがいいと思うよ。小さい集落だから、いつも助けあっているからさ」

「そんな場所じゃ、母さんは一時間も耐えられないだろ？」

「ゾンビよりはましだよ」

「なあ、俺は行けないって言ったよな。動物園の仕事があるんだ」

「あそこにいたら、しまいに病気を感染《うつ》されちまう！」

「前にも同じことを話したじゃないか。全員が仕事をほったらかしにして出ていったら、大変なことになる。母さんは他人の行動をどうこう言うが、心の中じゃ同じことをしたいんだ！」

「あたしが何をしたいっていうのさ？」

「買いだめして、武装して、パラノイアみたいになりたいんだよ」

六

国立自然史博物館そばのパリ植物園の建物に、アンナの研究室があった。ニューギニアで発見されたアーケオプテリクスは、この部屋に運びこまれ、ステンレスの台の上に横たわっている。アンナはピンセットを使って、スライドガラスに載せた骨からほこりを取りのぞいた。両手にはニトリルという、耐久性に優れた合成ゴム素材のグローブをはめている。こうすることで、自分が怪我をすることも、サンプルを汚染することもない。すべてのことを規則にのっとって、細心の注意を払って行わなければならなかった。なぜなら、これから数週間、いや数カ月間は、仮説と逆説を繰り返していく時間が持てそうにないからだ。

(映画のワンショットみたいなものよ、アンナ!)

そうやって自分を鼓舞すると、彼女はスライドガラスを、巨大なコピー機に似た高分解能質量分析器の内部に差し込んだ。四十五分後、初期データが出た。

これでようやく、ステファンが送ってきた、緊急委員会のデータと比較することができる。彼らは、数日前にヨーロッパのどこかで軍によって駆除された現代の羽毛恐竜を分析していた。あとは、モニター上でふたつのサンプルデータを重ねあわせて、類似する点があるかを精査すればいい。

結果は期待以上だった。自分が予想したすべてが正しいことが証明された。カーブが完全に一致したのである。

〈クルーガー・ウイルス〉は、外形をつかさどるいくつかの休眠遺伝子を目覚めさせるだけではない。生体をリプログラミングして、ゲノムを前世代の状態に正確によみがえらせる。まるで、遺伝子のアーカイブシステムが存在するかのようだった。つまり、この極小の有機体は、ヒトを自身の起源に立ち返らせる力を持っているのだ。

アンナは急いでこの結論をステファンに送り、リン・ヴィシュナーにもコピーを送った。あと少しの助けがあれば、ワクチン開発までの時間を短縮できるかもしれない……。

七

この夏の終わり、中国山東省東部に位置する青島《チンタオ》市の浜辺は、太陽光から肌を守るための〈フェイスキニ〉という目出し帽姿の人であふれていた。二十一世紀のはじめにあっても、中国人にとって色白は依然として洗練の証であって、逆に、皺だらけの日焼けした肌は、いやしい、田舎くさいと敬遠されている。よって、浜辺の人々はこの流行のアイテムを顔にかぶり、上品に、目と鼻腔と口だけを見せている。今季の〈フェイスキニ〉は洗練を極め、京劇の仮面にヒントを得た極彩色の模様がついていた。

こうした婦人たちが、巨大な浮き輪に収まって、水の中ではしゃいでいたさなかの出来事だった。突然、浜辺に拡声器の声が響きわたった。

「緊急事態発生！　全員海から離れろ！」

警備にあたっていた警官が、砂浜の外れで、パラソルの影に身を寄せる毛深い生き物を確認したのだ。あたりは鼓膜を引き裂く悲鳴の嵐になり、大勢の家族連れが道路に向かって駆けだした。誰もがスコップやバケツ、エアマットレスを置いて逃げていく。

そんな中、ひとりの若者が砂浜に残り、毛深い生き物を安心させようとして、両手を広げながらゆっくりと近づいていく。若者は、そばに来てサブマシンガンを構える人民警察に説明を試みた。

「こいつは化け物じゃありません、危険はないんです！」

この若者、ヂャン・ルゥーには、生き物の正体がすぐにわかった。山東大学で地理学を学んでいるヂャンは、九月初頭からインターネットで騒がれはじめた奇妙な退化現象に興味を持ち、それに関係する記事を、むさぼるように読んでいたのである。もっとも、中国の検閲を突破できたページは、ほんのわずかしかなかったが……。彼はもともと先史時代が好きで、二十世紀初頭に周口店《しゅうこうてん》で見つかった〈北京原人〉――中国で初めて出土したホモ・エレクトスの化石――のこともよく知っていた。

エレクトスまであと十メートルほどに迫ったところで、ヂャンは怖がらせないようにひざをつき、にっこりと笑いかけた。相手は熟年のオスらしく、ピクニックバスケットから取りだした揚げパンをがつがつと食べている。大騒ぎしながら砂浜から人が逃げていく間、エレクトスはまったく何の感情も示さず、少し体を丸めて食べる速度をあげた。

しばらくするとヂャンは、食事を終えたあとのある行動に惹きつけられた。エレクトスが記号が刻まれた二枚貝を握っている。これは単純な偶然だろうか？　確か、先史時代に沿岸部で暮らしていたヒトには、貝殻に傷を入れる習慣があったという。ヂャンは目の前の光景に集中するあまり、人民警察のことを忘れていた。と、誰かがヂャンに叫んだ。

「奴が動くぞ！　撃たれたくないなら下がれ！」

班長らしき人物が、エレクトスにサブマシンガンの狙いを定めている。ヂャンは、自分にも危険が迫っていることに気づかないまま言い返した。

「撃たないでください、彼は無害だ！」

すると、大声に反応してエレクトスが体を起こした。両足でしっかりと立って、不審そうにあたりの臭いを嗅いでいる。確かに毛は生えているが、ゴリラよりはかなり少ない。見た目は粗野でも、身のこなしがヒトに属することにまったく疑いはない。

エレクトスは、警官から恐怖、あるいは攻撃の波動を感じて立ち上がったのかもしれない。そしてその拍子に、砂の上にある黒い布のかたまりに気づき、それをじっと見つめている。慌てて逃げた誰かが忘れていった〈フェイスキニ〉だった。エレクトスはうなり、鼻腔をぴくぴく動かして、左右の足に交互に体重をかけながら揺れはじめた。そのまま前に出ていくかと思われた瞬間、サブマシンガンの弾丸が頭に命中した。吹き上がる血で、あたりの砂が赤く染まる。エレクトスがどさりと倒れた。ヂャンははっと息をのみ、ひざから崩れおちた。人民警察のばか者どもが、ゴキブリでもつぶすように、貴重な生き物を殺してしまったのだ！　ところが彼は、抗議する間もなくふたりの警官に容赦なく引きたてられ、手錠をはめられてしまった。

「僕は何もしていない、あれはホモ・エレクトスだ、ただの獣じゃない！」

反論はことごとく聞きながされ、取りつくしまがない。ギャンは、能無しの殺し屋より、少しでも教育を受けている上司のところへ連れていかれるほうがまだましかもしれないと思った。

だが、実際のところ、彼の受難は始まったばかりにすぎない。尋問を一任されたタン警視は、地理学専攻の良識ある学生が、市民の命を危険にさらした獣を助けようとした理由――もちろんあれが先史時代のヒトだとわかったからだが――を知りたがった。

取り調べが始まるや、ギャンは〈意図的な行動〉や〈治安の乱れ〉などの、断罪に値しそうなもっともらしい用語を浴びせられた。時間がたつにつれ、ギャンはようやく、自分が執拗に責められる理由を理解した。その前夜、上海の中心部である事件が起こっていたという。〈バンド〉という名の遊歩道に面した、街で一、二の高さを誇る〈ジンマオタワー〉に、エレクトスが登ろうとして撃ち殺されていたのだ。

ギャンがタン警視とふたりの部下に質問攻めにされている間に、山東省にある彼のワンルームマンションでは、公安部による家宅捜索が始まっていた。パソコンが差しおさえられ、ハードディスクが精査されて、検索履歴が容赦なく調べられていく。その中に、退化した種に関する数十件の記事が見つかった。中国の巨大港湾都市に上陸した毒ネズミの記事、いくつかの穀物の生産量が危機的状況にあるという記事、そして、ウイルスがヒトに感染したことを告げる記事も。さらには、過激派連中がどこかのフォーラムでろくでもないニュースを広めているさなかの会話ログまで残っていた。

今晩中に人民法院でヂャンを提訴するには十分だった。

* * *

この事件は、北京にいる最高指導者たちを動揺させた。中国共産党にとっては、〈クルーガー・ウイルス〉につながる情報の拡散は、ごくわずかであっても避けられなければならない。よって、それを妨害するためなら、どんな手段でも許された。少なくとも、国をあげて外交ゲームに参加している間は、共産党はこの事件に全力を注ぐ覚悟でいる。メディアは〈反革の噂〉を広げることを禁止され、中国版シークレットサービスと目される中央弁公庁警衛局は臨戦態勢に入った。

そのいっぽうで、中国の人民は自問する。自分たちはいつまで情報から隔離されるのだろうか。そして、何のために隔離されるのだろうか、と。

八

「頭がおかしくなりそうだわ……」

　マーガレットは机の前で、ステファンが持ってきた情報を喜ぶべきか否か決めかねていた。当の本人は表情を消している。アンナ・ムニエの報告書を閉じて、彼女は尋ねた。

「……メモリについて言っているのよね？」

「そうです。どうやらＤＮＡは、〝過去の形態〟を記憶しているようです」

　しばらく考え込んでから、マーガレットはおどけた顔をして見せた。

「フランスとアメリカの後押しで、国連安保理が明後日、臨時会合を招集するの。わたしは行くことになっているけれど、あなたにもいてもらわなきゃならないわ。すでに医療機関は飽和状態で、兵舎まで野戦病院代わりに徴用されているでしょう？　メンバーの中に、より根本的な解決策を検討すべきだと言う人が出てきているの」

「どういった解決策ですか？」

「感染者を収容所に集めればいいと言いだしているのよ」

「冗談でしょう？」

きているわ」

「ちゃんと聞こえていたでしょ……。まだ、例えばの話だけど、賛同者は少しずつ増えてきているわ」

「危険な考えです」

「わたしもそう思うわ。だから、あなたはわたしと一緒に来るべきだし、ワクチン開発を諦めてはいけないことも認めさせるべきでしょう」

「マーガレット、私にニューヨークに行く時間はまったくありません。あの看護師の話も波紋を広げそうだというのに……」

　ここのところ、医療現場では不満が募りつつあった。パンデミックに直面し、組合は医療関係者がさらされるリスクを危惧している。

　始まりはシカゴのノースウエスタン記念病院だった。女性看護師が勤務中に〈クルーガー・ウイルス〉に感染してしまったのだ。当時、同病院は二十人のエレクトスを受け入れていて、彼女は三十時間の連続勤務に疲れ果てていた。その状態で、採取血液を入れた試験官をラボに運ぶ途中、廊下で転倒し、患者の血液が付着したガラスの欠片で手を怪我したのである。この事故が、現場に根深い恐怖心を植えつけていた。

「もう一度言うわね、ステファン。こうした感染のリスクは議題のひとつでしかないの。わたしたちには具体的なヴィジョンが必要で、あなたはそれを見通すことのできるもっとも適切な位置にいる。あなたの存在が頼りなの。それに、会議が始まる前にリン・ヴィシュナーと話ができるわよ」

「わかりました。ただ、私にも調整が必要です。何時のフライトでしょうか。それによっては、今晩もここで過ごしますが」

　ステファンが目をこすっているのを見て、マーガレットはこのところ彼が徹夜続きであることを思い出し、若干の後悔を感じた。ステファンは仕事にすべてを捧げ、絶対に不平を言わない。

「明日の午後遅く出発する便を予約してあるわ。これなら、あなたも少しは時間が取れるでしょう」

「では、いったん家に戻ります。あちらには何日滞在する予定ですか？」

「おそらく二日間ね。お嬢さんの具合はどう？」

「変わりはありません」

「あなたがいなくてもやっていける？」

「そのあたりはどうでもいいようですね。結局のところ、私は娘にどうしてやったらいいかわからないんですよ」

「あら、心の中では素晴らしい父親だと思っているはずだわ」

「お気遣いをどうも」

「本当よ、ステファン。気遣いじゃないの。わたしは本当にそう思っているのよ。あなたのお嬢さんだって、口に出せなくてもそう感じているに違いないから」

九

空港のコンコースに人影はなく、すべての人間が地球上から一気に連れ去られてしまったかのようで、人類が滅亡した後の世界を思わせた。ステファンとマーガレットの靴音だけが、威圧するように強く響く。それでも、行列に並んで時間をロスする心配がないことはありがたかった。予約便の搭乗ゲートに到着すると、ふたりはようやく仲間とおぼしき搭乗客らを発見した。

今現在、制約なしに飛行できるのは、特別に許可を得た機体のみであり、彼らはその一機にビジネスマンらとともに乗り込んだ。

ステファンはマーガレットに耳打ちした。

「考えたことはありませんか？　あんなふうに書類にかじりついているビジネスマンが、世界の意味について思いを馳せることはあるんだろうか、と。彼らには〈クルーガー・ウイルス〉が存在していないかのようだ……」

「ばかなこと言わないで。ちゃんと状況がわかっている人もいるわよ」

「ええ……金になると思えばね。それで、会議で何をなさるおつもりですか？」

「少し圧力をゆるめるよう、国際社会に頼んでみるの。これでは貧困国が生きていけなくなるもの。少なくとも、薬と食料が必要だわ。あとは、生まれつつある過激な思想から〈クルーガー・ウイルス〉の被害者を守りましょう」

機体は分厚い雲を抜けて、無限に広がる青空を飛んでいた。ステファンはあまりの素晴らしさに感動し、不意に、ジュネーヴをはるか彼方に感じた。彼は、富裕層の鬱病患者向けクリニックにいるローリンのことを思った。あそこにいれば、少なくとも危険はない。エヴァも毎日見舞いに行くと約束してくれた。ニューヨークに到着次第、ステファンはエヴァに電話をするつもりだった。

それから、アンナ・ムニエとそのパートナーにも思いを馳せた。アンナの目に浮かんだ苦悩と、突然のパニックがよみがえってくる。〈クルーガー・ウイルス〉に比べたら、妻を血栓症で亡くしたことはまだ救いがあったのかもしれない……。

ステファンは、そんなことを考えながら眠りに落ちていった。

十

保健福祉長官のネッド・ラッシュは、ここ数日、地に足がつかない状態が続いている。どうやら自慢の安眠能力を一時的に失ってしまったようだ。こんなことは、大昔にスタンフォード大学の入学試験を受けた時以来のことだった。

今日はこれから、エレクトスに対する政府の公式見解と、それよりかなり善良さに欠ける非公式な現実との間にあって、実現性のある妥協点を探っていかなければならない。つまり、「退化した野郎どもを、どうしてくれようか？」ということだ。

ネッドは次の報告書を読もうとしたところで、〈緊急〉のメモに気づいた。最近の定例会議は、彼にとって早朝すぎる午前一時に開かれており、その会議中に、アシスタントのアリソンが残しておいたらしい。

《中国とロシアのご同僚に電話をしてください》

できればこのふたりのことなど忘れてしまいたかった。保健衛生の責任者、外交官、大使、補佐官など、役職にある者同士の交流が実態をつかみづらいのは確かで、世界の目にはすべての国々が協力しあっているように見えるかもしれない。だが、中国とロシアに限っては、共同政策にまったく向いていないのだ。

急に疲れを感じ、ネッドはため息をついた。今日は長い一日になるだろう。いったい何時間働けば開放されるだろうか。彼は切実に願っていた。父親に譲ってもらったつぎはぎだらけのオーバーオールを着て、太ももまである長靴をはき、十月の淀んだ空気の中で釣り糸を垂らしたい、と。静寂に耳を傾けるうちに、手首の先でふるふると絹糸が踊りだす。

本当に、あとどのくらいで実現できるのだろう?

日が落ちる頃、鮭やスズキのような大物を抱えて帰り、丸太小屋の前で焼く。たくさん食べて——肉はだめだ、先生がいい顔をしない——煌めく星を見ながら、じっくりウイスキーを飲む。火が消えたら小屋に入って、早朝までぐっすり眠る。

これこそがネッド・ラッシュの最大の秘密であり、心の拠り所なのに、今は想像でまぎらわせるしかなかった。

十一

ニューヨークはゴーストタウンと化していた。人が消えて、荒廃の気配が漂っている。セントラルパークに向けて五番街を走るタクシーの中で、ステファンは車窓から見える薄紫の花を咲かせた木々に目を留めた。こうした数々の退化植物は、アマチュアカメラマンを喜ばせ、写真がメディアに掲載される時には、たいてい〈セントラル・ジュラシック・パーク〉〈オールド・ニューヨーク・シティ〉などのキャプションがつけられる。その木々の上で、かつてカモメだった羽毛恐竜が、獲物を探して旋回していた。こんなふうに樹木と鋼鉄が混在しているのを見ると、非現実的な時代錯誤感を覚える。

イースト川沿いにある国連本部では、建物を飾る国旗が冷たい風を受けながら楽しげに揺れていた。ステファンはこの建物に入るたび、スケールの大きさに度肝を抜かれる。ここにあるシャガールのステンドグラスはとりわけ壮大だ。今回リン・ヴィシュナーが早朝の待ちあわせ場所に指定してきたのも、このステンドグラスの前だった。エレクトスの処遇について、彼女がどういう立場を取るかはわからない。ただ、マーガレットは彼女を心から称賛している。それだけは間違いない。

ふたりの女性は、ナイジェリアで行われたポリオワクチン予防接種キャンペーンをきっかけに親しくなった。結局、キャンペーン自体は惨憺《さんたん》たる結果に終わったが、あれ以来、ふたりは互いを限りなく尊敬しあってきた。今回、マーガレットの指示で委員会を設立するにあたり、ステファンはこの友情を拠り所にして候補者を選んだのである。

飛行機が遅れたため、ヴィシュナーは三十分遅刻して到着した。ステファンは興味深くふたりの再会を眺めた。五十代のリン・ヴィシュナーは、北欧の女性としては背が低い。髪は褐色で、マーガレットと同じように、黒いスーツに頼らない自然な威厳が備わっていた。ただし表情は硬く、やつれて見える。彼女たちはひと通りの近況報告をして家族について尋ねあったあと、すぐにこの非公式な面会の理由に立ち返った。

ヴィシュナーはこのあと、国連の安全保障理事会で演説する予定になっている。与えられた十五分間で〈クルーガー委員会〉——この名前は瞬く間に世界を駆けぬけた——が行った実験について、最初の総括を行うのだ。その会議の前に、ふたりがこうして誰に強制されることもなく顔を合わせたことは、ノーベル賞受賞者がＷＨＯの事務局長を認めているという信頼の証となった。彼女はマーガレットに演説のおおまかな内容を尋ねられ、率直に忌憚なく答えた。

「短期間でワクチンを開発できるかに関しては、悲観的立場を取るわ。ウイルスがジャンクDNAの中に眠っている遺伝子を目覚めさせるという可能性については、アンナ・ムニエに同意します。とはいえこれは新しい生物学なのよ」

「どういう意味？」

「すべてはこれからということね」

「短期間については？」

「〈クルーガー・ウイルス〉と比べたら、エイズウイルスの機能は子供の遊びと言ったら、わかりやすい？」

「何てこと……」

「ＨＩＶウイルスは、一九八〇年代初頭に発見されたわよね。三十年以上たっても、完全には究明されていないわ。まだ研究が続いているの」


会議はとどこおりなく進み、先ほどリン・ヴィシュナーの演説が終わった。マーガレットも、普遍の愛を讃えるシャガールのステンドグラスに天啓を得て、闘う覚悟はできていた。時節が穏健派に厳しいことはわかっていても、各国政府が危機を自覚しなければ、人類は未曾有の混乱状態に陥る。その思いをこめて、彼女は演説を始めた。

「みなさん、〈クルーガー・ウイルス〉は、これまでわたしたちが経験したことのない、公衆衛生上の問題を提起しております。医療関係者は、これまでのような意思の疎通ができる患者を相手にしているのではありません。彼らの相手は、自分が何を言われているのか、自分に何が起こっているのかを理解していないのです。だからと言って、その相手をただの動物のように扱い、囲いに入れて屠殺場に連れていくことは、断じて許されません。それはつまり――」

「屠殺場！　これはまたおおげさな！」ロシア人のアンドレイ・アクロフが叫んだ。「いいですか、クリスティーさん。先ほどリン・ヴィシュナー博士は、この先数年でワクチンが得られるチャンスはほぼない上に、下手すれば十年、二十年はかかるとおっしゃっていたのではないか？　するとこの年月で、パンデミックはどう変わりますかな？」

　アクロフは、ブレジネフ政権下でもお目にかかれないようなもっさりとしたグレーのスーツを嬉々として身につけていた。一見するとごく普通の人物のようだが、氷のような青い目は、まったく瞬きをしていないように見える。このおかしな格好と無作法な態度こそが、彼の常套手段だった。五十八歳ということだが、年齢不詳で、もっと言えばどの時代の人間かもわからない。実は、偉大なるソ連時代の人間かもしれなかった。アクロフは、自分の意見に反論されると、とたんに爆弾並みの破壊者になる。それでもマーガレットは、彼の好きにさせるつもりはなかった。奴が大嫌いだったのだ。

「ロシア大使、よろしければ、WHOの感染症対策本部長が質問にお答えしますわ。日々の現場を指揮しているのは彼ですから」

「ステファン・ゴードンのことをおっしゃっているのかな？」

「ええ、そうです」

アクロフが目下の役人の名前に通じているのはいい兆候と思えず、それはすぐに証明された。

「情報を開示しなかったことでCDCとECDCから叱責を受けた、あのステファン・ゴードンのことかね？」

マーガレットは怒りを押し殺した。

（やられた……）

彼がこの一撃を準備してきたことだけでも、悪い予感が当たったと言える。

「ステファン・ゴードンが正しかったことは、わたしがここで保証します。彼がいなければ、ウイルスはまだWHOに把握されておらず、そして――」

「その功績は、シェルターの責任者と南アフリカの研究者に譲るべきでは？」

ステファンは自分の席で立ち上がり、発言を求めた。マーガレットがうなずいて彼に感謝を伝える。ステファンの声は落ち着きはらっていた。

「そのふたりとは、ダニー・アビケールとキャシー・クラップのことですね。ですが、こうした詳細が、ここにおられる方々にとって重要とも思えません。私は現場の責任者として呼ばれておりますので、みなさんもご存じのリン・ヴィシュナー博士が率いる〈クルーガー委員会〉の進捗状況について、ご報告いたします。今後パンデミックがどう移行するかは、我々の防御力次第です。特に、全世界で進行しているラットの駆除作業がうまくいくか見極めねばなりません。ラットがヒト型株を伝播しなくなる日が来れば、我々は、状況の制御に大きな一歩を踏みだしたと言えるでしょう」

「大きな一歩だけかね？」アクロフが皮肉を言った。

「はい。生存するすべての保菌ラットが感染源ですから」

「程よい期間でラットの脅威を根絶できるとして、きみの考えでは、感染者数はどのくらいになる？」

「今現在で十五万人です。このスピードをもとに、優秀な統計学者が計算したところ、想定される数は、約……」

ステファンはここで口をつぐんだ。マーガレットに確認せずにはいられず、彼女はうなずいて、その先を続ける許可を出した。

「約五百万人となります」

安全保障理事会に列席の十五人が、あっけにとられてステファンの顔を見つめる。

「では、どれほどの期間で、その悲惨な結論に達するのですか？」国連事務総長が尋ねた。

「おそらくは、これから一年ほどでしょうか……」ステファンは静かに答えた。

アクロフが肩をすくめ、両手を上げた。

「つまり人類は、それまで自国内に閉じこもっていろということか。経済が崩壊しようという時に、WHOが提案するのは、きみの判断に従うなら『感染者を受け入れるため、もっとベッドが必要です』ということだな。ではゴードン君、そのあとはどうするつもりだ、その……エレクトスの連中を？」

ステファンはこぶしを握った。この男はウイルス性の毒を持っているに違いない。だからいくらでも応酬できるのだ。

「もちろん、医療機関の拡張を強制するわけにはいきません。我々は、感染患者のために保護センターの開設を提案します。ワクチンが発見されるまでの間、患者たちが生活するサナトリウムのような施設です」

「まさか、エレクトスが反逆のサインを見せはじめたことを知らないわけじゃなかろう。奴らがきみの言う保護センターを抜けだしたら、どうするつもりだ？」

マーガレットが助けに立った。会議は今やロシア大使との闘いの場と化し、それはふたりにとっての妨げでしかない。

「管理の問題は国レベルで討議すべきです。医療チームの強化はもちろん必要でしょうが、病人には治療を受ける権利がありますよ！」

アクロフの青白い顔にせせら笑いが浮かぶ。

「保護センターのスタッフは感染リスクにさらされるだけじゃなく、自身がウイルスを外部に運んでいく恐れも出てくるな……。正直になろう、クリスティーさん、それは現実的ではない。先ほどあなたが自分で言ったんだろう？『これまでのような意思の疎通ができる患者を相手にしているのではありません』と。こうなった以上、私はＷＨＯからパンデミックの管理をはく奪することを提案しよう。エレクトスは今後、軍の支配下に置くべきだ！」

会議室は大変な騒ぎになった。すぐに異議を唱えたメンバーもいるが、大半は困惑し、中には納得しかけている者もいる。国連事務総長は静粛を求めたあと、アクロフを詰問した。

「では、あなたはどうするべきだと考えるのです、その……感染した人々を？」

「ほかと隔離させればいい」

「どこに隔離させるつもりだ？」フランス代表のユベール・ド・サン＝レジェが慎重に尋

ねた。

「収容所に」

アクロフの返答に衝撃が走り、また新たなざわめきが生じる。アメリカ代表が、真っ先に反応した。

「彼らを囚人扱いすることはできない。病人なんだ。しかも我々の祖先なんだぞ！」

「我々の祖先！　素晴らしい着想だ。きっと、あなたの祖先なんだろうさ、キャロウェイさん。だが――」

突然扉が開き、会議室は悲鳴ともシュプレヒコールとも知れない喧騒に包まれた。それと同時に活動家の集団がなだれ込んできて、あたりは大混乱になっている。彼らはそのまま中央の通路を駆け下りてきた。先頭の男が、巨大なクチバシを持つ羽毛恐竜の亡骸を抱えている。彼は机に囲まれた中央の円形空間まで来ると、片手で亡骸を振りまわしながら、どなりちらした。

「先史時代の動物を殺せ！　安全を優先させろ！」

プラカードを持った者たちも集まってきて、大声で叫ぶ。赤い絵の具で書かれたスローガンの文字が、滴る血のようだ。内容は明快だった。《やるかやられるか。ウイルスには容赦しない！》《クルーガー＝人類滅亡》《洞窟のウイルスを撲滅せよ》

国連事務総長は、彼らを会議室から退去させるよりも小槌を打つほうを選んだ。

「休会です。再開は正午！」

そのほうが、警備が効率よく彼らを追いはらえると判断したからだ。それにしても、過激派好みの騒動が実に都合よく起こったものだと、事務総長は感心した。もっとも、誰かが裏で手を回した可能性もある。

実際のところは、それもたいした問題ではない。事務総長はすでに、どちらの陣営が優位にあるかわかっていた。


数分後、会議の再開を待ちながらステファンとマーガレットがロビーでコーヒーを飲んでいるところに、ロシア大使がやってきた。アクロフは、あざけり寸前の皮肉を浮かべた顔でふたりを眺め、それから高笑いした。

「なぜそんな悲しそうな顔をする、ゴードン君？　哀れなデモ隊のせいか？　彼らは周到な準備をしていたようだな。むろん、セキュリティがまともに機能してないのは私も認めるさ。こんなことでは、デモ隊がゲストを連れてきていたら、どうなっていたことか」

「ゲストって……まさか、感染患者のことを言っているのですか？」ステファンが言った。

「あたりまえじゃないか！」

「アクロフさん、ハンセン病患者を施設に閉じ込める時代が終わったことを、ご存じないんですか？　今は病院で普通に治療しているんです」

「きみたちは先史時代の種を守ってやればいい。私はロシア国民を守る」

「待ってください。あの人たちはウイルスに感染した病人ですよ！　彼らを進化させる方法が見つけられないと、誰が決めつけられますか」

「そこまで言うなら、いずれ不老不死の薬とやらも見つかるかもしれんな。いいか、ゴードン、目を覚ませ！　これからは、地球上に二種類の〝人間〟が存在するんだ。きみはどちらを選ぶか決めなくてはならない」

「なぜあなたはそう急進的なの？」マーガレットも応戦する。

「この手の悲惨な事件を避けるためだ……」

アクロフはふたりにタブレットを差しだした。画面上に『サイエンス&ネイチャー』の記事が見える。ステファンはすぐ署名に気づいた。

〈またアクセル・カッサードだ。奴は絶対にスクープを逃さない……〉

先日、プレトリアの中央病院で〈クルーガー・ウイルス〉に感染した患者が逃亡する事件が起こった。この事件は最終的に惨劇の結末を迎えた。

患者《エレクトス》は止めに入ったスタッフ六人を襲い、なおも逃走を続けたが、病院の建物を出たところで警官に頭部を撃たれ死亡した。これについてはすでに、正当防衛が認められている。我々の特派員が被害状況を確認したところ、五人が救急で処置を受けた。そのうちのふたりは腕を骨折し（粉砕と表現するほうがふさわしいかもしれない）、三人が顔面に複数箇所、重度の創傷を負った。六人目の男性看護師は、手を強く噛まれたため、すぐに個室に隔離された。現在は血液検査の結果を待っているところだが、感染は確実視されている。

この事件は、感染患者が入院している病院に起こり得る様々な問題のうちの、ほんの一例にすぎない。だとしても、あまりにも悲劇的な結末だった。病院は今、体格に恵まれ、なおかつ、強い感染力を持つウイルスに罹患《りかん》した病人の受け入れを強いられている。人々の怒りがふくれ上がっているこの時、政府が適切な対応をしなければ、こうした悲劇はこの先も増えるいっぽうであろう。

遠くから撮影した写真には、暗い水たまりに浸ったエレクトスの亡骸と、周囲で作業する宇宙服のような防護服を着た人々の姿が映っていた。

「世も末だな！」アクロフが吐きすてるように言った。

記事を公表するタイミングとして、カッサードはこれ以上にない日付を選んだ。熟慮の結果だろうか？　国連安全保障理事会の投票に影響を与えたければ、これ以上のやり方は考えられない。事実、アクロフが飛びついたではないか。

「きみたちは厚かましくも、まだ〈被害者〉という言葉を使っている。だが、これでわかっただろう？　奴らは時限爆弾だ。もはや人間ではない」

しばらくして、安全保障理事会が再開された。国連事務総長が危惧していた通り、臨時会議の終わりに、ほぼ全会一致でエレクトスの監禁が可決された。

マーガレットと別れたステファンは、ホテルに向かって歩きはじめた。そうやって、イースト川を眺めながらひとりきりで失望を嚙みしめていたところに、ルーカスから電話がかかってきた。

「悪い知らせです。ダニー・アビケールが体調を崩しました」

「体調を崩したとは？」

「おそらく……〈クルーガー・ウイルス〉に感染しました。今、娘のメアリー・アビケールから電話で聞かされたところです。ダニーは、ピックアップトラックに乗ったまま、溝にはまっているところを発見されたそうです。すでに昏睡状態に入っていました」

「そうか……。娘さんに伝えてくれ。病院に連れていってはいけない、二度と会えなくなる可能性がある、と。ついさっき安全保障理事会が、徹底的な隔離措置を取ると決めたんだ。ちくしょう、アンナのことを忘れていた！　彼女にも教えてあげなければ！」

「僕が連絡します。僕のほうから彼女にも伝えますよ、メアリー・アビケールに伝えたらすぐに」

十二

パリの地下鉄の入り口にホームレスの老婆がしゃがみ込み、二匹のアーケオプテリクスに穀物とバターを混ぜた手作りの餌を食べさせていた。だが、先史時代の動物に餌を与えることは固く禁じられている。市内に居ついていた現生ハトの集団と羽毛恐竜の間で、深刻な問題が発生していたのだ。

老婆は残りかすまで出したしるしに、ビニール袋を振ってみせると、貪欲な獣はかえって興奮し、綱につながれたまま鋭く鳴いて翼をばたつかせ、くちばしで老婆の足を突ついている。

ジェレミー・モンスは走っていって、悲鳴をあげて抵抗する老婆を助けた。どうにかアーケオプテリクスを引きはなしたあと、彼女をなだめるのにもう三十分かかった。

二十時頃、ジェレミーは自分のアパルトマンがある建物に戻った。住民の半数はすでにここを離れ、娘のクロエと母親のノナも田舎に避難してしまった。

〈こんなふうにパリからまったく人がいなくなるなんて、まるでバカンス真っ盛りの八月のようじゃないか。まさか、第二次世界大戦中もこうだったのか？　もっとも、今ここを占領しているのはドイツじゃなくてトリとラットだがな……。落ち着くまで、あとどのくらいかかる？　これ以上ひどいことになるのか？）

自宅のある三階に到着し、静かすぎるアパルトマンの扉を開けようとしたその時、階段の吹き抜けから子供の泣き声が聞こえてきた。彼は心配になって、ふたつ上の階へ上がった。声はすぐそこまで近づいている。六階に住む女の子だろうか？　その家族は数カ月前に引っ越してきたばかりで、挨拶程度の付きあいしかない。ここ一週間は顔を見ていないので、彼らも出ていったのだと思っていた。

ところが、彼らのアパルトマンの前まで行くと、扉が半開きになっている。ジェレミーはそっと扉を押してみた。内側に鍵束が差し込まれたままだ。その先の廊下に、パジャマ姿の子供が座り込んでいるのが見えた。子供が怯えた目でジェレミーを見上げた。涙でまぶたを真っ赤に腫らし、髪はもつれ、鼻水が垂れている。四歳にならないくらいだろうか、クロエよりも幼い。

「こんにちは」

優しいパパの声色《こわいろ》でそっと話しかける。返事がないので、ジェレミーはひざをついて腕に触れた。とたんに子供がうしろに下がった。

「おじさんの名前はジェレミーだ。ここに住んでいるんだよ。娘のクロエと一緒に、三階に住んでいるんだ。クロエは知ってる？」

　子供が両手で耳をおさえた。完全に怯えてしまっている。

「ママはお出かけかい？」

　答える代わりに、鼻をすすりながらジェレミーを凝視している。

　奥のほうに、いくつかスーツケースが見えた。家族は出ていこうとしているようだが、なぜこれほど静かなのか？

「パパとママはどこにいるの？」

　子供がまばたきして、視線を右側にやった。

「パパとママはそっちにいるんだね？」

　そうだと言うようにまばたきする。

「なんできみを泣かせたままなんだろう？」

　子供がうつむいた。ジェレミーは立ち上がり、寝室と思われるほうへ、スローモーションのような動きでゆっくりと移動した。

（この部屋は、何かがおかしい……）

　こめかみがずきずきと脈打ち、不安で息が上がる。矛盾するようだが、恐怖に駆られたまま前に進んでいた。震えている子供の前で、怖気づいてはならない。

扉の向こうをのぞき込む。メスのエレクトスがダブルベッドの上に座り、その前には腹を引き裂かれた真っ裸の男が横たわっている。そこかしこに血が飛びちっていた。エレクトスが何かを——肉だろうか？——両手いっぱいに持って、むさぼりくっている。まるで悪夢のような光景だった。

ジェレミーは、細心の注意を払ってあとずさりした。息を吸って目を閉じ、ようやく正気を取り戻す。しっかり歩けると確信したところで、子供のほうを向いた。

「名前は何ていうの？」

「リュ、ジー」

鼻が詰まってまともに発音できないのだとわかり、ジェレミーは胸が締めつけられる思いがした。

「ルーシーをおじさんの家に連れていきたいんだ。ここにいたら、悪いことが起こりそうだからね。おじさんの言っていること、わかるかな？」

「わがる」

「よし、じゃあ一緒に行こうか？」

子供がうなずいて、それから尋ねる。

「ママにざよなら言う？」

「言わないほうがいいよ。あれはもうママじゃないから」

「わだしのお人形は？」

「ルーシーのお部屋にあるの？」

今度はしっかりうなずく。だめだと言うわけにもいかず、ジェレミーはどうにか微笑んだ。

「わかった、取っておいで」

「一緒に行く」

「おじさんはここにいなきゃならないんだ。さあ、急いで」

母親を見張っていなければならない。子供を連れてアパルトマンの外に出たら、鍵を閉めて警察に電話をしよう。番号は何番だっただろうか？

たっぷり二分待ってから、小声で子供を呼んだ。何をやっているのだろう？

「ルーシー、見つけたかい？　もう行くよ」

返事がない。

「ルーシー？」

突然、はっと思いついた。部屋は簡単な壁で仕切られているだけだ。まさか、コネクティングドアがあるのだろうか？　ジェレミーは、怖くて立ちすくんでいるかもしれない子供のところに行く決心をした。まず、散らばっているおもちゃが見えた。次は、思った通りのコネクティングドア——そのドアが開いている。そして、ウサギのぬいぐるみを抱えた子供が、血で汚れたベッドの前に立ち、片手をエレクトスに差しだしていた。

「ばいばい、ママ」

「ルーシー、下がれ！」

その瞬間、エレクトスが子供をつかみ、勢いよく頭に食らいつく。

ボキっと乾いた音が鳴った。枝が折れるような音だった。


どうやって自宅まで戻ってきたのかわからなかった。ジェレミーは悪夢から覚めると、あの家の鍵を握りしめたまま、携帯電話を手にしていることに気づいた。だが、何をすればいいんだろう？

（警察だ。助けを呼ぶんだ……）

それだけしたら出ていこう。もうここにはいられない。ここを出て、クロエのところに行き、さっき見たことは忘れるのだ。

エレクトスは呪われている。ジェレミーはようやくそれがわかった。

投稿サイト

向かいの家がエレクトスをかくまっているみたい。絶対そう。カーテンの向こうにそれっぽい影が見えて、すぐに閉まったの！

六時間前　ミスピンク

そのお向かいさんは俺たちを危険にさらした。告発しろ。

五時間四十五分前　マルモット19

やっぱり？　たぶん奥さんか息子かな？　すごくかわいい子がいるの。家族の誰かが退化したら、あなたならどうする？

五時間三十分前　ミスピンク

セイヴザプラネットの真似はやめろ。エレクトスはただの獣だ。奴らの好きにさせておいたらどうなることか。半分食われた状態で見つかったワシントンのかわいそうな男の話、聞いただろ?

五時間前　コアラマスター

忘れてコアラ、そんな時じゃないよね。セイヴザプラネット、あなたならどう?

四時間四十八分前　ミスピンク

セイヴザプラネット?

一時間五十分前　ミスピンク

きみのお気に入りは過去の世界に帰ったんだろ。感染した彼女をかくまったら、彼女に食われちまったのさ(^_-)☆

一時間四十七分前　マルモット19

あたしたちの話に嫌気がさしたのかも!

一時間四十六分前　ミスピンク

俺は本気だ、ミスピンク。警察に言え。対応に時間がかかりすぎる。人肉食らいは抹殺するべきだ。

一時間二十六分前　コアラマスター

!?

一時間十五分前　ミスピンク

《脳が発達するにつれ、エレクトスはかつての行動を取り戻します》

生物学者のセリフのコピペだ。エレクトスは共食いする。おまえの向かいの家の奴もやるぞ。おまえはおかずにされてもいいのか？

一時間十分前　コアラマスター

コアラ、怖がらせるなって！

一時間七分前　マルモット19

誰が怖がらせたんだ？　俺か？　それとも、数年はワクチンに期待するなと言った〈クルーガー委員会〉の委員長か？　焼いて食われるのと、お前が言っていたビッグフットになるのと、最後はどっちで終わる確率が高い？

一時間五分前　コアラマスター

おまえの勝ちだよ。俺もうんざりだ。

一時間二分前　マルモット19

ニューヨークで暮らす奴らのために、政府の代わりに動くチームをつくった。俺たちが街を人間に取り戻す。リアルに。

五十九分前　コアラマスター

本気なの？　あたしの家はＮＹから車で三十分のところよ！　あなたは移住して香港に住んでいるんだと思っていたわ！　だってそんな名前じゃない！(ʻ◡ʻ)

四十五分前　ミスピンク

かわいいな、ミスピンク。俺の家はＮＹのロシア人街だ。奴らは何でも売っているから、ここは平米あたりけっこうな比率のラットがいる。世界の飢えも解決だ。

四十二分前　コアラマスター

怖くないの？

四十分前　ミスピンク

心配すんな。抗ラットウエアをつくったからな。ノミ付きの低家賃住宅だろうと、俺らに手は出せない。ラットにもエレクトスにも負けねえよ。

三十九分前　コアラマスター

おまえら何する気だ？

三十五分前　ダークホース

《俺たちが街を人間に取り戻す》

そこそこわかりやすいと思うが、絵でも描くか？

三十分前　コアラマスター

おもしろい。俺の家はマンハッタンだ。武器は供給してもらえるのか？

二十五分前　ガンストライダー

おまえが持っているならありがたい。足りてないんだ。

二十分前　コアラマスター

見つかったらどうすんの？　家に警官が来るのは怖くないの？

十七分前　ミスピンク

海兵隊が来ようと関係ないね！　警察もおまえや俺みたいに怖いんだよ。それに仲間に警官が三人いるぞ。

十三分前　コアラマスター

武器が欲しいならなぜ兵器庫に取りにいかない？

十分前　ダークホース

どうやって兵器庫に入るんだ、まぬけ。

八分前　コアラマスター

俺は監視カメラの映像管理センターで働いている。住んでる場所は遠いが（デトロイトさ。犯罪なら何でもござれの街だ、イエイ！）遠隔でサポートできるぞ。

二分前　ダークホース

よし、頼む！

一分前　コアラマスター

おい、おまえらマジか？　冗談だろ？

現在　マルモット19

十三

九月二十二日二十時
ニューヨーク

爆発で建物全体が揺れた。空気中に火薬と、手製の爆薬特有の喉を刺す洗剤の臭いが広がっていく。〈コアラマスター〉ことジェフリー・ボーンズは、ピックアップトラックのうしろに隠れ、ほこりが消えるのを待った。それから、正面が大きく開いたのを確認して、兵器庫に突入せよと仲間たちに合図を出した。

即座に総勢十八人からなる集団が動く。全員が闘う覚悟を決めた市民であり、あふれんばかりの受信ボックスを見れば、これからも人員は増えるはずだった。〈ミスピンク〉ことロクサーヌもメンバーにいる。まだ十八歳にもなっていないことを理由に——彼女が一番若い——断るつもりが、最後は熱意に押し切られた。彼女はなかなかの美人な上に、赤毛のベリーショートとバッドボーイスタイルでセクシーに決めている。ジェフリーは相当気に入っていたが、表情に出すようなことはしなかった。実際のところ、彼はあまり度胸がない。戦闘中は特に。

ラットの毒針に備え、全員がペイントボール用の戦闘服を着用した。ズボンの裾はブーツインして、服の中にラットが入ってこれないように、袖とグローブを粘着テープで留めてある。まだ武器を持っていないのは、そのほうが身軽に動けると判断したからだ。これから両手に抱えて帰る手はずになっている。

三十二歳のジェフリーは、本当は、第一次湾岸戦争の英雄だった父親のように、ヘリコプターのパイロットを夢みていた。ところがチャンスに恵まれず、軍の編入テストを受けても、情緒不安定を理由に落とされた。それからはアルバイトを転々として、三カ月と同じ場所にいられない。恋愛遍歴も、職歴と同じく、長く続いたことはない。

普段の彼は優柔不断で、これが主な欠点だった。頭にもやがかかり、的確な判断やまともな決断が下せないのだ。その結果、つい衝動的に動いてしまい、窮地に追いこまれてしまう。だが、そんな時代は終わった。今やジェフリーには〝使命〟がある。〈クルーガー・ウイルス〉が出現したことをきっかけに、己の運命の意味を知り、人生が変わろうとしていた。ジェフリーは胸が高鳴り、勝利の予感をひしひしと感じないではいられなかった。

ふいに歓声が聞こえてきた。武器が見つかったのだろう。これでようやく悪夢が終わる。毒針ラットが現れて以来、彼は、ニューヨークが強力な破壊力を持つ〈キングコング〉の餌食になるという強迫観念に取りつかれていた。自然が人間よりも優位に立つという考えに、ジェフリーは嫌悪感を抱いていた。

武器の調達は四分もかからずに終わった。キャビネットにはすべて堅牢な南京錠がかかっていたが、自動車修理工のメンバーが持ってきたペンチでこじ開けられた。二台のピックアップトラックに武器が積み込まれるのを待って、ジェフリーは運転手のふたりを呼んだ。ひとり目は、今の仕事に退屈している情報工学者のダン。もうひとりのグレッグは湾岸戦争の退役軍人で、酒癖が悪いが、今晩は飲まないと誓っている。いずれにせよ、ピックアップトラックはどちらもグレッグのものだし、ジェフリーの車だけではどうあがいても武器を載せきれないので、輸送は彼に頼るしかない。

ロクサーヌが急いでやってきて、微笑みかけてくる。拳銃を振りまわしているのに、回転木馬から降りてきたばかりの女の子のようだった。

「警報も鳴らなかったね。〈ダークホース〉がちゃんとやってくれたんだ」

ジェフリーは勝利の雄叫びを我慢した。時間が迫っているので、地図を広げ、全員に召集をかける。

「俺たちは現在ここにいる」彼はリトルオデッサ地区を指差した。「そして行き先はここ……」

指を一キロ北の、十個の輪が集中する場所にすべらせる。

「この地区に、なぜこれほどエレクトスがいる？」グレッグがいぶかしんだ。「間違いないのか？」

「ここは〝巣〟だ」

「巣？　どういう意味？」ロクサーヌが尋ねる。

「行ってみてのお楽しみさ」警官をやっているメンバーが教えてくれたんだ……」

何であろうと、ジェフリーは権威に縁があるものを憎んでいる――軍でも、行政でも、そしてもちろん警察でも。それなのに、法の執行機関とかかわることになるとは、もっと言うなら、頭に〈極〉の文字がつくグループ（自分たちでそう名乗っていた）と共謀することになるとは、思ってもみないことだった。

ニューヨークでは、ギャングによる略奪だけでなく、プロ市民によるエレクトス擁護が始まっている。このカオス状態に、法の執行機関の面々はうんざりしていた。彼らいわく、政府は必要な措置――急進的な措置だ――を講じるのが遅く、街はゆっくりと衰退の一途をたどっているのだという。だから彼らは、政府の代わりに行動することを決めた自分たちを、後押ししてくれるのだ。

若者数人がジェフリーの車に乗り込み、残りはピックアップトラックに――うしろの荷台にも――押し込まれて、三台の車は威勢よく出発した。ロクサーヌは運転席にいるジェフリーの隣に座った。とまどって見返すジェフリーの視線にそわそわしながら、笑顔で尋ねてくる。

「どうしたの?」

「何でもない」ジェフリーが答える。

「嘘。言って」

「おまえがここにいるのが嬉しいだけだ」

「ほんとに? あたしね、自分でもおもしろいなと思ってることがあるんだけど、それが何かわかる?」

「いや。何だ?」

「最初はあなたが好きじゃなかった」

「そうなのか?」

「ネットでアーケオプテリクスを狩りたいと言いだした時は――」

「俺がいかれた野郎だと思ったわけか?」

「ちがうよ、えらそうな男だなと思っただけ。結局あそこで負け犬だったのは、セイヴザプラネットだったね」

「今はどう思っている？」

「凄いと思う。学校で種は適応することで生き残るとか、自然淘汰とか、進化の法則とか、しつこく教わるけど、実際に見たことはなかったじゃない？　でも、エレクトスがいるってことは、やっぱりあたしたちは変えられちゃうんだなって思って。あなたは真っ先にそれに気づいた。それで、みんなのお手本とか、〝モデル〟みたいな人になったの。あたしの言ってること、ちゃんとわかってもらえるかな」

「ちゃんとわかるよ、ロクサーヌ。そんなふうに言ってもらえて、かなり嬉しいね」

　この惑星に生まれてから三十二年になるが、ジェフリーにとってこれほど誇らしいことはなかった。この瞬間に死んでもいいし、そうすればダイレクトに天国に行けるとも思った。だが、うしろのシートにも人はいる。奴らに配慮するわけではないが、今は甘い雰囲気に浸っている場合ではない。

　ロクサーヌがウインドー越しに、教会の入り口に赤で書かれた〈E〉の文字を指差した。最近このやり方が一般的になり、〈E〉の文字が〈エレクトス〉がいる〝巣〟を示している。

「ここを襲撃するの？」ロクサーヌが確認する。

「いいや」

「どうして？」
「糞ったれが……」ジェフリーはいったん車を止めた。ピックアップトラックもうしろに
止まる。
　ロクサーヌは、彼の視線が行く方向を見た。何かの影が歩道でゴミ箱をあさっている。
周辺も数メートルにわたって荒らされていた。影は聖職服を着た司祭に見える。それが、
立ち上がったところでエレクトスだとわかった。突然、エレクトスがジェフリーたちに
向かって走りだす。ハードルを飛び越えるように、不規則な大股で近づいてくる。ジェフ
リーは、影が一直線に駆けてくるのを茫然と眺めていた。動きたいのに、手が固まって動
かない。その時、すぐ背後で爆発音が鳴った。メンバーの誰かがショットガンを放ったの
だ。顔面に弾を受け、エレクトスが崩れおちる。顎の一部が吹きとばされていた。
「よし、害虫が一匹減ったぞ！」急に動けるようになって、ジェフリーが叫んだ。
　彼はピックアップトラックに「行くぞ」と合図してから、自分の車を出し、興奮して短
くふっと息を吐いた。今回は驚いてしまったが、次回はこんなことにはならない。躊躇《ちゅうちょ》し
たのは〈ミスピンク〉のお世辞が原因だとわかっている。
（……これからは〈ミスピンク〉じゃなくて、ちゃんとロクサーヌと呼ぼう）
　一行は地下鉄の高架区間に沿って一キロ以上進んだところで、右折して小道に入り、

木々の生い茂った囲い地に出た。正面の、背の高い門のペディメントに〈エディントン・ホスピタル〉という案内がある。

「私立病院みたい。ここにエレクトスがいるの？」

「そうだ。少し前に数人のスタッフが感染した。人間は全員救出されたが、エレクトスは軍が来るまでここに閉じ込められている。情報を流してくれた警官の話では、突入までしばらく時間があるらしいから……」

ジェフリーは車から降りると、ピックアップトラックの荷台に向かい、サブマシンガンを選んだ。まだ武装していなかった男たちが、慌ててあとに続く。準備が整うと、全員気をつけに似た姿勢で彼の前に並んだ。

「みんなそろったか？」

「はいっ！」

誰もが目を輝かせ、神妙な顔をしていた。ロクサーヌは喉の奥で小さく笑い、ジェフリーだけを見ている。

「よし。ここからはチーム全員でエレクトスを攻撃するぞ。奴らは気が荒い。行けると思えば、目くらましをかけてくる。英雄になろうとするな」

ひと呼吸置いて、ポケットに入れておいたメモ書きの原稿を取りだす。歴史は今まさに

〈それ以後〉と〈それ以前〉に分断され、自分がその指標となるのだ。そう思うと、この瞬間が晴れがましかった。

「おそらくおまえらの中には、あの生き物を目の前にした瞬間、後悔らしきものを感じて、撃つことをためらう者も出てくるかもしれない。そういう時は、自分にこう言ってやれ。奴らはもう父親でもなければ母親でもなく、消防士でも、弁護士でもない。奴らはただの獣で、我々の居場所を奪おうとしているんだ。わかったか？」

「はいっ！　わかりました！」

男たちが叫び、ロクサーヌは空に向けてこぶしをつき上げた。

「いいな、やるかやられるかだぞ！　ここに、第三次世界大戦の開戦を宣言する」

この日の朝、ジェフリーは浴室の鏡の前でスピーチを繰り返し、言い方が大げさすぎないかあれこれ試していた。かくして喝采が起こり、問題がなかったことが証明された。


門には鎖と大きな南京錠がかかっていた。ジェフリーは爆破のスペシャリストである〈ガンストライダー〉のほうを向いた。彼は昔コネチカット州グリーンウィッチで射撃場を経営していて、自分の職場を失うのと同時に、前腕にキリストの顔のタトゥーを入れている。口髭を生やし、髪はポニーテールに結び、市民生活ではフィリップ・バーチと名乗っていた。

「フィル、南京錠だけ爆破できるか？」

「なぜ全部壊してしまわない？」

「突入後は閉めておきたいからな」

相手が驚くのを見て、ジェフリーは肉食獣の笑みを浮かべた。

「一匹たりとも逃がしたくないんだ。門を鎖でふさいでおけば、サルどもに逃げ道はない」

「やつら完全に終わりだな、ボス」

実際には鍵を壊すのに五分かかり、爆発音でエレクトスたちを警戒させてしまった。だが、ジェフリーはこれでよかったと思った。

少し楽しみたかったのだ。

敷地内は、高さ数メートルの、タケとモミを交配させたような奇妙な植物に覆われていた。奥に進むと、ハトをついばんでいた三匹のアーケオプテリクスが、飛び上がって木々に隠れた。

ジェフリーは、領地を得るために部族同士が殺しあうような、はるか昔の時代に来ている気がした。気合いを入れようとしてメンバーの誰かが叫び、それが時代錯誤感をいっそう強くする。彼は闘いへの欲求とともに、厄介な、性的とも思える衝動を感じていた。血に飢えた自分、破裂しそうに脈打つ心臓、そして横に来てくれたロクサーヌ……。

ついに建物のそばまでやってきた。一階の窓が一カ所割れている。ジェフリーは仲間を従え、外壁に沿って歩いた。うっそうと茂る灌木に赤い実がたわわにみのり、鉄の臭いを放っている。

突然、数人が半死半生の状態で地面に倒れ込んだ。状況を把握する間もなく、エレクトスが茂みから飛びだしてきて、信じられないほど硬い指でジェフリーの首を絞めつけた。指がワイヤーロープよりきつくめり込んでくる。ジェフリーは息が詰まり、荒れ狂う海のような激しい血流を耳の奥で感じた。

やがて乾いた音が鳴り、ジェフリーの呼吸が止まった。

ジェフリーの頭は、身体に対してあり得ない角度で曲がっていた。怯え切ったロクサーヌの前から、ずんぐりしたかたまりが逃げていく。だが、何もできず、周囲でさらに強烈な悲鳴があがる。ロクサーヌは銃を構え、身を守るためなのか、パニックのせいなのかもわからないまま、二度引き金を引いた。何かに当たった気配はない。再び指先に力をこめたところで、突然パトカーのサイレンの音が響きわたった。

「おまわりだ！　逃げるぞ！」

そう言って、誰かの手がロクサーヌの手首をつかんだ。〈コアラマスター〉が本当に死んだのか、助けられないのか確認したくて、振りほどこうとしたのに引きずられていくしかなかった。相手が誰かはわからないし、知ったことではない。

エレクトスがジェフリーを殺した。

彼は正しかった。まるで世界の終わりだった。

彼は身をもってそれを証明したのだ。

六章　エレクトスは人間か?

一

パリ
ヴァル＝ド＝グラース病院

病院の敷地内はすでに軍の統制下に置かれていた。アンナは入り口前で立ち往生している軍用トラックを走って追い抜いた。ルーカスから連絡を受け、この時が来るのを覚悟してからほぼ二日がたっている。この二日の間、警察による強制介入の瞬間を想像しては、そこまでひどいことはしないはずだと自分に言い聞かせた。それでも、収容施設のことや、恐怖に怯えるヤンの姿がずっと頭から離れなかった。

エントランスに入るなり、悪夢は続いていることがわかった。気密性の高い防護服を着てファイスカバーをかぶった男たちが、腰縄《くくりなわ》を使って十数人の患者を部屋から連れ出している。明らかに鎮静剤を使われている患者もいた。おとなしく従っていながらも、目はゾンビのように覇気がない。ヤンの部屋は一番奥だから、まだ男たちは足を踏みいれていないだろう。うまくいけば、彼を軍に渡さずにすむ。

　廊下を走っていく途中に、首に鉄の輪をはめられたエレクトスとすれ違った。兵士が拘束具の端を持って押さえつけようとしているが、エレクトスは必死に抵抗している。アンナはその光景を横目で見ながら、やっとの思いで五十四号室にたどりついた。扉が大きく開いていて、部屋の中に誰もいない。その瞬間、恐怖が襲ってきた。先ほど見かけた、廊下の一角で兵士に逆らっていたエレクトスはヤンだ。彼女はすぐにきびすを返し、床にうずくまった状態で窒息しかけている彼を発見した。

「待って！　その男性はわたしの婚約者です。お願い、彼を離して。何も悪いことはしていないわ」

「感染者全員をしかるべき場所に移すよう命じられています」

「どこに？」

「機密情報です。離れてください、あなたの……」

　兵士はためらって、それからレモンでもかじったように顔をゆがめた。

「あなたの友人は、噛む恐れがあります」

　アンナは兵士のところに駆けより、腕にしがみついて頼んだ。

「〈クルーガー委員会〉から特別許可が下りています。確認してください。わたしは彼を訪ねていいと言われているし、彼もわたしのことを知っているの」

「残念ながら、現段階で有効な許可証はありません。全員の隔離が上からの命令です。さあ、下がってください」

「わたしの名前は聞いたことがあるでしょう？　古生物学者のアンナ・ムニエよ。あなたが連れていこうとしているのは、わたしの研究対象です。名前はヤン・ルベル！」

「マダム」

　脅すような口調だった。アンナは半狂乱になりながらも、確かな論拠を見つけなければならないと気づいた。

「ねえ、この不幸な人々と共存するためには、彼らのことを正確に把握する必要があるんです。あなたが命令を下されたということはわかりました。でも、軍医総監のアントネッティ氏に連絡を取る間くらいは待ってちょうだい」

　ステファンが通行許可証を頼んだのがアントネッティだったので、たまたま口にした名前だったが、アンナは意図せずに、これ以上ない人物を言い当てていた。エレクトスの隔離は、軍医総監であるアントネッティの監督で行われていたのだ。もっとも、兵士にとってはどうでもいいことなので、彼は返事をするかわりにトランシーバーに向かって怒鳴りつけた。

「こちらはバジル伍長だ。囚人用に応援を寄こせ！」

アンナが説得を続けようとしていたところに、ふたりの兵士が慌ててエントランスに駆け込んできた。

「こいつを連れ出すまで、こちらのマダムを押さえていろ！」

突然の暴挙に対し、アンナはまったく無力だった。にきび面の若者に押さえつけられたまま、目の前でヤンが伍長ともうひとりの兵士に引きずられていく。怒りのあまり涙があふれた。この男たちには血が通っていないのではないか。

「わかりました！　電話をかけたいの。そのくらいはいいでしょう？」

若者がうなずいて手を離し、逃げられたらすぐ対応できるように道をふさいでいる。アンナは急いでステファンに電話をしたが、応答がない。二回かけてもだめだったので、今度はルーカスに連絡した。彼の声が聞こえたとたん、ほっとして泣きだしてしまった。

『ルーカス、アンナよ……今、病院にいて……軍が……わたし……』

「残念だ、アンナ」

アンナは深呼吸をして、どうにか立ち直った。

「ダーバンの病院でも、みんな連れていかれてしまったの？」

『軍の到着を待っているところだ。感染者たちを人間としてまともに扱ってくれるか、確認しなければならない』

「目の前でヤンが連れていかれたの。恐ろしかったわ、まるで家畜のように扱われていたのよ！」

「しばらくの間は耐えるしかないんだ、アンナ。いずれはＷＨＯが――」

怒りに駆られ、アンナはルーカスの言葉をさえぎった。

「なぜあなたたちは、あなたもあなたの上司も、何もしないの？」

「国連の投票で決まったことなんだよ！　ステファンはそうさせまいと闘ったんだ。ＷＨＯは、誰ひとりとしてあの決定を支持していない。僕たちはもうすこし人道的な対応を求めていたし、何より軍に問題をまかせることには反対している。ひどいことになっているのはわかっているが、きみは少し落ち着いたほうがいい……」

実際、ルーカスにたいしたことができるわけがなく、彼を恨んでもどうにもならないとわかっていても、怒りはおさまらなかった。ふいに、アンナはふたりが犯した過ちを思い出し、乾いた笑いが込み上げた。さかりのついた動物みたいだったのに！　しかも床の上で！　その相手の男が、自分を諭そうとしているなんて！

「わたしに落ち着けって？　本気で言ってるの？」

「すまない。ひどい言い草だった。アンナ……」

電話越しでも、ルーカスの優しさが痛いほど伝わってくる。アンナはようやく、ルーカスが毅然としたＷＨＯ職員のふりをしているだけで、何も忘れていないことに気づいた。

ただ、それによって慰められたわけではなく、むしろ落胆が深まってしまう。

「彼らはどうなるの？」

「軍の施設に移される」

「施設？　どこの？」

「わからない。だが、すぐ判明するはずだ。軍は衛生機関に協力する義務があるからね。それについては誰も異議を唱えていない」

「面会資格が欲しいの。最後の面会でヤンの名前を呼んだ時、反応があったわ。彼の脳が新しい刺激に反応しているのは確かだから、あとは訓練するだけなのよ。あと少し待ってくれたら、ほかの記憶も目覚めさせてあげられる」

電話の向こうから、雄弁なため息が聞こえた。

「アンナ、きみは愛する人を失ったんだ。きみがどれほど苦しんでいるのか想像できるが、幻想で自分を慰めるべきじゃない……。それに、ワクチンが開発できたとしても、彼を取り戻せるとは限らないよ」

「お願い、あなただけは……」

力尽きて、言葉が止まった。同じ罪を犯した共犯者の男は、自分がどれほどそれにすがりつきたいか、誰よりもよくわかっている。ふたりの間に沈黙が流れ、奇妙なことにそれで気持ちが安らいだ。ルーカスは慰めの言葉も希望の言葉もくれないが、少なくともごまかそうとしない。再びため息が聞こえ、彼が不本意そうに話しはじめた。

「きみに言いたくなかったんだが、ダニーが感染した」

「ダニーが？」

「アンナ、こんな日にこんなことを聞くのはつらいかもしれないが、きみは自分を守らなきゃならない」

「わたしを守る？　何から？　エレクトスから？　ヤンから？　あなたから？　あなたはいったい何が言いたいの？　わたしが彼を忘れなきゃいけないって？　つまり——」

「違う、アンナ。今やるべきことをやるんだ。身体を休ませて、起こるべくして起こったことと闘うなってことだ。体力の消耗も避けなければいけないよ。たくさんの人が、きみときみの研究に期待している。今は誰も何もできないし、状況がどう変わっていくか見守ることしかできない。ヤンのことは、僕のほうでも情報を得るために手を尽くそう。それに、僕がついている。何があろうとそれは忘れないでくれ、僕はここにいる。朝でも夜でも、いつでも電話をしてくれていい」

優しさに腹が立って、アンナはルーカスの言葉をさえぎった。彼は話を聞いてくれない。

「ルーカス、わたしは、エレクトスとコミュニケーションを取ることは可能だと言っているの！」

「僕はきみのように事態を楽観視できない。厳しい言い方で申し訳ないが、ウィレムスをあらゆる角度から観察したし、彼が三人のエレクトスと一緒にいるところも見た。彼らは粗野で本能の赴くままに動く。食べて、遊んで、誰にも止められなければ戦うんだよ。もちろん、好奇心は旺盛で、合図を記憶できるし、学習もする――」

「なんだかオランウータンのことを言っているみたいね」

「我々よりはそちらが近いじゃないか」

「ひどいじゃない！　彼らをそんなふうに思っているなら、軍と一緒だわ！」

「きみに警戒してもらいたいだけなんだ」

「いいから聞いて！　わたしはヤンと実験を続けなければならないの。あなたはそれを彼らに納得させなさい。ヤンは理解してくれるはずよ。彼らが人間の脅威になっていることと、噛んではいけないことを」

「わかった、やれるだけやってみよう。それに、少なくともこれについてはきみが正しいな。軍に抵抗もせず、好き勝手にやらせることはできない。エレクトスには権利がある。何を決めるにせよ、その前に、ヤンが人間に害を与えるつもりがないことを確かめておく必要があるな」

「ありがとう……」

「悪かった、アンナ。僕が必要なら――」

「ええ、わかっている。さっきも聞いたわ。でもわたしが知りたいのは、ヤンが連れていかれた場所だけ。それから通行許可証もお願い」

二

電話を切ったあと、ルーカスは車に飛びのるとクルーガー国立公園に向かった。アンナとの会話は、自分の不安を助長するものでしかなかった。彼女が伝えようとしたことはしっかり理解している――自分で思っていた以上に。だから、ダニー・アビケールが収容施設に送られそうだと聞いて、耐えられなくなったのだ。ＷＨＯはあれほどダニーに助けられたのに、その彼が家畜のような扱いを受けていいはずがない。

メアリーが助言を聞いてくれたので、ダニーが強制連行されるリスクを軽減できたはずだった。彼女はエレクトスを入院させるための医療サービスに連絡をせず、父親を息子の部屋に閉じ込めたからだ。だが、うまくいったのはここまでだった。恩師が昏睡状態から目覚めたと知ったテンダイが、よかれと思って当局に通報してしまったのだ。

仕事が山積みで、ルーカスはメアリーを助けることができなかった。なぜもっと早く時間を見つけなかったのだろう。彼は確かな筋からの情報で、まさに今、軍がダニーの引き取りに向かおうとしていることをつかんでいた。

現在、軍のトラックはすべて、自分が滞在しているこのダーバンに集まっている。ルーカスは軍より先に到着するために、約八時間ひたすら運転を続け、危うくゴンフォテリウムと衝突しそうになりながらも、ついにワイドルライフセンター付近までやってきた。最後の数キロは猛スピードで駆けぬけた。

ロッジに到着するや、キッチンでメアリーを見つけた。涙と疲労で目を真っ赤に腫らしている。彼女は弱々しく微笑んだあと、ルーカスに尋ねた。

「本当に、軍に気づかれてしまったんですか？　テンダイは、このあたりの出張所に通報したはずなんです」

「情報を記した台帳は、全部ダーバンにある中央資料室で一括管理しているんだ。軍はまずシェルターに来ると思う。ダニーの居場所を移そう。どこにするか決めたかい？」

「スミス夫妻のところです。父の古くからの友達なので」

「その人たちは、ダニーを隠しておける場所を確保できるんだね？」

「自分たちのロッジから離れたところにコテージを借りているんですが、夜間外出禁止令が出てからは、そのあたりはすべて閉鎖されているようです。だから、見つかる危険はありません。昨日クリスチャンに電話をしたら、使っていいと言ってくれました」

「よし、その作戦でいこう」

カイルが真面目な顔でキッチンの入り口に現れた。ルーカスがどう説明するべきか思案している間に、メアリーが口を開いた。

「おじいちゃんの様子は？」

「遊んでる」

「あなたも一緒に来なさい。よその場所に連れていかなきゃならないの」

「何で？」

「軍が感染した人たち全員を集めようとしているからよ」

「奴ら、おじいちゃんをさらっていくの？」

「そうじゃないわ。でも、この先どうなるかはわからないのよ。だから、急がなきゃ」

二日前までダニー・アビケールだった生き物は、組み立てたブロックを丹念に壊していた。彼らが入ってくると立ち上がり、手に持ったブロックを振りまわしながら、歯を剥きだして笑っている。カイルのほうに飛んでこようとして、ラジエーターにつないであったリードに阻まれた。リードは〈四つ牙〉を移送するために、テンダイが使い古しの革ひもでつくったものだ。ダニーは額に皺を寄せて小さく喘ぎ、動けないことが気にくわない様子でいる。

革ひもにつながれている姿を目の当たりにして、ルーカスは嫌悪感を抱いた。先史時代の生き物と化してしまったダニーには、老人らしい特徴が備わっていたが——白髪と皺の寄った皮膚のほかに、見慣れた手術痕もある——筋肉だけ見ると、若いエレクトスと同じくらい素晴らしい。彼らのように、ダニーにも突出した顎があり、むこうずねくらいなら簡単に砕いてしまいそうだった。

カイルが近づこうとして、すぐにメアリーに止められた。カイルはもがいた。

「離してよ、あれはおじいちゃんだ！」

「いいえ、カイル。もうそうじゃないの」

「じゃあなんで僕にブロックをくれようとするの？」

「それは……それは、エレクトスは遊ぶのが好きだから」

そう言って、メアリーがむせび泣いた。カイルが驚いて母親を見つめている。ルーカスはふたりを慰めようとした。

「こんな事態になるなんて、誰も想像できなかったんだ。さあ、急いでおじいちゃんを連れていこう」

と、その時、外からエンジン音が聞こえ、ルーカスはその場で立ちすくんだ。遅かった……。軍はもうすぐそこまで来ている。一瞬でアドレナリンが出て、彼はすぐさま行動を起こした。

「メアリー、外に出て、奴らをしばらく足止めしてくれ。客室でもどこでもいいから、いったん連れていってほしい。ダニーを眠らせるのに五分必要なんだ」

「そのあとはどうするんですか？」

「子供部屋まで調べ上げるとは思えないから、そこに賭けるしかない。カイルは僕と一緒にここに残って勉強しているふりをしよう」

「わかった！」

メアリーが急いで部屋から出ていって兵士たちの相手をしている間、ルーカスは注射器に馬一頭を眠らせる量の鎮静剤を注入した。それからできるだけゆっくり動き、ダニーの肩に針を突きさした。エレクトスが飛び上がり、ルーカスを冷たくにらみつける。だが、ほんの数秒で意識が混濁していく。身体がふらつき、ふんばろうとして、ついに床に崩れた。目は開いたままだった。

しかし、安心するのはまだ早い。部屋の中には隠す場所がまったくなかったのだ。ベッドの下は目立ちすぎるし、キャビネットはあからさますぎ、机もダメ、棚も、柳の枝で編んだ大きな箱は……箱の中には羽根布団とぬいぐるみが詰まっていた。ルーカスは中身を出すと、カイルの助けを借りて動かなくなったダニーを箱で隠した。蓋が壁を向くように力を合わせてひっくり返し、その上にクッションとぬいぐるみとグラビア雑誌を山積みにする。これで、すべてがあるべき場所に収まった。

「よし、これでいいだろう。それじゃカイル、奴らを出迎えるとするか」

カイルは黙ってうなずくと、そっと椅子に座り、机に向かってノートを広げた。顔色は真っ青でも、驚くほど毅然としている。

部屋を出てすぐ、ルーカスはメアリーと三人の兵士に出くわした。彼はあからさまに怪訝な表情を浮かべてみせた。

「いったい何のご用ですか?」

「我々はダニー・アビケールを捜しています。あなたこそいったい何者ですか?」中尉がいぶかしげに尋ねる。

「WHOのルーカス・カルヴァーリョです。アビケールさんとは、家族ぐるみの付きあいなんですよ。ダニーはとんでもないことになった。それなのに、あなた方は来るのが遅すぎませんか。子供に何かあったら大変なので、我々でシェルターの囲いに閉じ込めておいたのに、逃げられてしまいましたよ。この人たちに説明しなかったのか、メアリー?」

「しました。でも、わたしの言うことを信じてくれなくて」

中尉は急に自信がなくなったようで、ここ数日で、何度も繰り返してきたらしいセリフをメアリーに向かって機械的に話しはじめた。

「ウイルスを保持した患者をかくまえば、感染症を広げる恐れがあります。あなたにお尋ねします。あなたの父親はここにいますか？」

「ここにはいないと言ったはずです。信じられないなら、ご自分で捜してください。息子の部屋から見ていけばいいわ」

兵士たちは部屋に入ろうとして、子供がいるのを知って困惑している。メアリーはそれを見て、早くすませてくれとばかりに厳しい声で追いうちをかけた。

「エレクトスを子供のベッドの下に隠すほどばかだと思っているの？」

中尉はほんの数秒迷ったが、彼女にとってはそれが永遠にも思えた。

「わかりました、あなた方の言葉を信じましょう。彼が逃げたとおっしゃいましたね。正確にはいつですか？」

「昨日の夜か、今朝でしょう。朝六時に様子を見にいった時には、もういなくなっていました」

「公園内を探索してみます。見つからなければヘリコプターを呼びます。申し訳ありません、お邪魔しました」

「しかたありません、お仕事ですからね」

兵士たちが消えてから、メアリーがささやいた。

「父はどこにいるんですか？」

ルーカスはトラックが行ってしまうのを待って、柳の枝で編んだ箱を引っ張り、ひっくり返した。大きな身体が床に転がりでる。

ダニー・アビケールだった男は、もはや麻酔を打たれた獣にしか見えなかった。

三

国連安全保障理事会で大敗したステファンは、マーガレットをニューヨークに残し、ひとりで帰国の途に就いた。その途中、アトランタに立ち寄り、ＣＤＣのアーサー・マコーミックを訪ねることにした。

立場が異なるマコーミックとは、これまでことごとく意見を対立させてきた。ところが今回の事態では、初めて意見が一致した。世界中で自衛の動きが指数関数的勢いで増えつづけており、彼らにはそれが制圧すべき〝第二のウイルス〟に思えた。ゲリラや自警団が組織され、リンチのようにエレクトスを処刑する事件が増加している。そこかしこで、エレクトスの所在を示す赤い〈Ｅ〉の文字が建物の扉に書かれるようになった。こうしている間にも、家庭的な父親やおだやかな会社員が冷酷な殺し屋に変わっていく。

そもそも武力衝突は、何かしらの〝恨み〟が原因となって起こるものだと、ステファンは素人ながらに考えていた。そのきっかけは、例えば対立勢力に殺されてクローゼットにうち捨てられた一族の誰かの死体かもしれないし、信頼していた者の裏切りかもしれない。だが最近の、エレクトスに端を発する混乱は、そうした個別の〝恨み〟ではなく、〝生き残りをかけた本能〟が根底にあるように思えてしかたがなかった。人間が、ドブネズミやサバンナのゾウのように行動しているのだ。彼らもまた、自分達の種を守るために闘っている。

大半の政府はこの動きを阻止しようとしているが、実際に制止できるかどうかは運任せな部分が多かった。中には市民の暴走を容認する国もあり、ベネズエラやポーランドなどは、鎮圧を目的とする軍の派遣を拒否している。ロシアの状況はさらにあからさまだ。エレクトス狩りを目的にモスクワの病院へ突入しにきた民兵に、軍の兵士が手を貸したというのだ。この事態に、ロシア大統領が調査の開始を約束したが、到底うまくいくとは思えなかった。ステファンとマコーミックは、こうした憂慮すべき問題を一日も早く解決すべきだと意見が一致したものの、講じるべき有効な手段を見つけることはできなかった。

マコーミックとの会談は長い目で見れば有意義ではあったが、目下の問題を解決するという意味では不発に終わった。ホテルに戻ったステファンは、ひどく落ち着かない夜を過ごしたあと、アンナに連絡を取ることにした。

彼女は精神的に追い詰められていた。ヤンの行方を捜したくても誰に相談すればいいかわからず、テレビの映像を見て怯えているという。歩道にエレクトスの死体が散乱するニュースばかりで、彼らが連れていかれた先の情報がまったく漏れてこないのだ。ステファンは、もっと早くこの件に時間を割かなかったことを悔やみ、すぐ軍の司令部に電話をかけてアントネッティを呼びだした。

彼は悪びれることなく、市民を守る唯一の方法はエレクトスの隔離であると力説した。国連安保理でのロシアの発言に対しては、一カ所にエレクトスを集めるのは危ういと危惧しながらも、全面的な理解を示した。そのあとで、昔のよしみでアンナ・ムニエに通行許可を与えることを考えてみてもいいと約束した。ステファンは、彼の口調がひどく復讐心に燃えていると気づいていたが、あえて指摘しなかった。数年来ふたりを隔てていた溝は、もはや深淵と化していた。

ジュネーヴに戻る荷物をつくりおえたところで、マーガレットからメッセージが届いた。ステファンに、ニューヨークに戻ってきてほしいと訴えている。自分と別れたあと、国連事務総長と個人的な面談を果たしていた彼女は、次回の安全保障理事会が開催される前々日に、議会に認めさせようと決意していた。

エレクトスに対する一連の暴力行為の直接的責任は、どう控え目に言ったところで、前回自分たちが採択した決議にあったはずだ、と。

四

九月二十五日十時、国連事務総長のダオ・トラン＝ニュットが先陣を切った。彼女はあらかじめ、安全保障理事会メンバー十五人のうち十人を味方にできたと判断し、エレクトスに対する暴力を赤裸々に糾弾する原稿を準備していた。WHOのマーガレット・クリスティーとステファン・ゴードンに説得された結果である。彼らは、各国の安全政策がいかなるものであろうと、国連はエレクトスに対し基本的権利を認めるべきだと訴えていた。

「みなさん、人間は、動物界を統治する〝強者の掟〟から自由であるがゆえに、崇高だと言えるのではないでしょうか。我々は〈クルーガー・ウイルス〉が持ち得るすべての危険を承知しながらも、感染者を狙う暴力と殺戮を告発するために、確固とした立場を取るべき時にあると信じております。そして――」

まだ話している最中だというのに、ロシアの代表がスピーチを止めた。その場で姿勢を正し、手を上げてアピールする。特別待遇を求めてというよりは、勢いを削ぐつもりなのだ。

「事務総長、議事日程の変更をお願いしたい」

「どういうことですか、アクロフさん？」

「私としては、この安全保障理事会に、〈クルーガー・ウイルス〉のパンデミックに関する権限を放棄していただきたい。社会は今、ウイルスの影響を如実にこうむっている。その損害が計り知れないというのに、ここにいるたった十五人だけで、エレクトスにどう対処していくかを決めるのは得策ではないだろう？　それゆえ私は、本日の議題を国連総会に委ねるべきだと提案したい」

「何を言っているの？　わたしは根本問題を提議しているのではなく、恥ずべき暴力に反対しているだけです」

「だから私は、あなたのその闘い方が間違っていると申し上げているんだ。我々は正しい問いかけをすべきなんですよ」

「つまり、どういうことだと？」

「はっきり言って差し上げよう。こう訊ねたいんです——エレクトスは人間か？」

　ダオ・トラン＝ニュットの胸に怒りが込み上げてきた。ほかのメンバーが誰も自分と目を合わせないことに気づいて、この卑劣な男があらかじめ仕組んでいたのだと悟り、怒りはさらに強くなった。見事に全員が目を合わさない。エレクトスを擁護するためにやってきたスイスのふたり以外は……。

確かに、感染者《エレクトス》は社会にとって公衆衛生上のリスクだが、それを口実に彼らの人間性を疑うとは、なんと巧妙なことか。こんな陰謀めいた展開の中で続きを検討することが一番の悪手だとわかっているのに、投票に反対する、もしくは諮問を延期する手立ては、どうやっても見つかりそうにない。

マーガレットの隣に座っていたステファンは、この先の展開を完全に理解していた。彼は彼女のほうを向き小声で言った。

「まんまと一杯食わされましたね。賭けに出たのは我々だけではなかった」

五

数日待って、アンナはようやくエレクトスたちの収容先を知ることができた。そして、その翌朝、ついに通行許可証を手に入れた。

軍はエレクトスを刑務所に隔離すべきか迷った末に——現実的な理由でそれは断念した——パリの外れにあるヴァンセンヌ動物園を、最初の留置センターに定めた。この動物園も大半の娯楽施設同様、ここ一カ月は市民の立ち入りが禁止されている。動物園には強固な囲いと檻があり、所在地も考慮すると、適切な管理区域を見つけるまでの間は、この場所がエレクトスの受け入れに適しているとの判断だった。だが、この決定が意味するものはあまりにも無慈悲だ。すなわち、病人から動物への転落である。軍は人権保護団体からの反発を恐れているのか、今のところこの情報を公表していない。

にもかかわらず、動物園の入り口の鉄格子前には二百人以上の市民が集まって、怒りの声——《私の妻は〝エレクトス〟ではない》《本当の獣は誰だ？　鏡を見てみろ》——をあげている。《人類みな兄弟！》と書かれた横断幕も出ていた。

アンナはその前を通りすぎ、鉄製の哨舎《しょうしゃ》内で見張りに立っている警備員に身分証を渡した。彼はリストを確認すると、こちらに目もくれず電話をかけた。十分ほどしてから不安そうな顔をした男が現れ、まったく笑顔を見せずに声をかけてきた。

「ここにおいでになることは聞いていましたよ、ムニエさん。マーク・アントネッティです」

「許可していただいて、ありがとうございます。あなたが助けてくださると、ステファン・ゴードン氏が言っていましたので」

アンナは恨みや怒りの表情を見せないよう、懸命に努力した。この男がエレクトスの隔離を積極的に推しすすめたことはわかっている。それでも、彼がいなければヤンに再会するチャンスは絶対にない。そこで、楽観的な態度で進めることにした。

「わたしはヤン・ルベルと、ほぼコミュニケーションを確立できるところまで行ったんです。このやり方なら証明できるはずで――」

アントネッティが高圧的に話をさえぎった。

「はっきりさせておこうか、ムニエさん。あなたがここにいるのは、ひとえに私とステファン・ゴードンとの古くからの友情ゆえだ。あなたがクルーガー国立公園で努力と協力を惜しまなかったことも、もちろん理解しているつもりだ。だが、こんなことをしても時間の無駄だと思うね。あなたが話している男性はもう存在しない。今回は、二日間の猶予を与えるが、それ以上はだめだ」

　彼はひと通り講釈を並べたあと、ついてこいとばかりにきびすを返し、歩きだした。アンナは緊張した面持ちでそのあとに続いた。

　かつてヒョウがいた檻の前を通りすぎる。今はその中に、四十人ほどのエレクトスが、互いに体を押しつけあうようにしてひとかたまりになっていた。彼らは総じて無気力で、新しい場所にまったく関心を示さない。中のひとりが、切々たる嘆きのようなものを発した。彼らの深い不安が伝わってくるようで、アンナは心が痛んだ。

（少なくとも、無菌室から開放されただけでもよしとするべきよね……）

「もともといた動物はどうしたんですか？」

「残っている動物もいるが、大半は別の動物園に移された。エレクトスは増えるいっぽうだ。場所はいくらあっても足りないからね」

「ここには何人の感染者がいるんでしょうか？」

「その情報は非公開だ」

　同じような檻が続き、どの集団も等しく打ちひしがれた様子だった。狭い檻の中に閉じ込められているというのに、騒ぐ気力もないのだろう。アンナは嫌悪感と怒りを覚えたが、口にするのはこらえた。

「おとなしくしているが、信用しないことだな」アントネッティがアンナの心を読みとったかのように断言した。「二十分前にも騒ぎがあり、原因となった奴らに鎮静剤を打たなければならなかった。エレクトスはどうも〝模倣〟で動くらしい。全員がそっくり同じ反応を見せる」

「彼らが何に反応して興奮したのか、原因はわかりましたが？」

「いいや、まったく。あれは、意味もなく靴に襲いかかる気のふれた犬だ……」

「閉じ込められたことで、パニック発作を起こしたのかもしれませんよ？　南アフリカで見つかった最初のエレクトスは、子供のようにふるまい、何時間でも人形と遊んでいました。ですが、鎮静剤を打たれたあとに、ひとりでまったく知らない環境に取り残されていたら、どうなるでしょうか？　わたしたちだって、まったく新しい環境に突然連れてこられたら、完全な健康状態でいられますか？　祖先を野蛮な肉食獣のように扱うなんて、どうかしています。ご存知だとは思いますが、ホモ・エレクトスの知性には驚かされます。火を利用し、初めて刃物をつくり、ついには言語の始まりを思いついたんですもの。それが現代に引き継がれて――」

「いやはや、素晴らしい話だが、私には関係のないことだ」

「わたしは専門家としての知識をひけらかしているわけではありません！　わたしたちは

彼らを理解して、わたしたちの社会に彼らの居場所を見つけなければならないんです！　彼らは千立方センチという非常に発達した脳を持っています。これは、ホモ・サピエンスのほぼ三分の二の量に相当するんですよ！」

「退化ウイルスの感染者に、我らの祖先と同じ知性があると、なぜ保証できる？　感染症によってニューロンが破壊されたかもしれないぞ。それについてはどう考えるんだ？」

アントネッティは苛立っているようだった。ふたりはやがて、最近までキリンの寝室に使われていた建物にやってきた。彼の手で重い鉄扉のかんぬきが外され、中から、一番にムスクの臭いが漂ってくる。ふたりは中央通路を進んだ。両サイドには、扉にのぞき穴のある巨大な個室があった。

「あなたの友人は隔離しておいた。そのほうがあなたにとっても都合がいいだろう」

誰かの悲鳴が聞こえて、そのあとに、いくつものしゃがれ声が続く。

「奴らがなぜ同じ反応をするのかもわからんな、言葉をかけあっているのかもしれん」

「助けを求めているのでしょう」アンナは答えた。

「ここだ。マスクは持っているか？」

「ええ、いつも持ち歩いています」

「スタンガンは？」

「必要ありません」

「本当に？　ひとつ貸してやろう」

「結構です」

「そうか。どうぞご自由に」

アンナが口と鼻をマスクでふさいでいる間に、アントネッティがのぞき穴を確認し、扉の鍵を回した。

「わたしと彼のふたりきりにしてもらえませんか？」

実際のところ、アンナはこの男の人間中心主義的な言い草に耐えられなくなっていて、これ以上は一緒にいたくなかった。アントネッティは肩をすくませると、個室の監視をまかされている兵士に近くへ来るよう手招きしてから、アンナに言った。

「噛まれるのが怖くないなら入ればいい。終わったら扉を叩きなさい。この上等兵が開けてくれる」

「ありがとうございます」

アンナは、アントネッティが行ってしまうのを待って中に入った。ヤンと再会している間は、どんな些細な動きも見られたくなかったのだ。

ヤンは個室の奥にいた。目がうつろで覇気がない。くるぶしに、個体識別番号が刻印された金属のリングがついている。アンナはヤンを怯えさせないよう、二メートル離れた場所でひざをついた。

「こんにちは、ヤン」

天井の照明が瞬いた。このまま部屋が真っ暗になりそうで怖くなったが、灯りはすぐに安定を取り戻し、エレクトスの陰鬱《いんうつ》な顔を照らす。

「わたしよ、アンナ」自分の胸を叩きながらアンナがまた話しはじめた。

ヤンは外の世界から切り離されたように、まったく反応しない。

「わたしには二日しかないの。この二日で、あなたの中に人間らしさが残っていることを証明しなければならない。時間を無駄にしているわけじゃないことを、彼らに証明しなきゃならないのよ。どんなことでもいい。わたしに、あなたの中に〝何か〟が残っていることを伝えて。わたしを助けて、ヤン……」

アンナは鞄を開けるとヤンに馴染みの品物を取りだした。毎年夏になるとかぶっていたハンチング帽――むさくるしいから捨ててと頼んだのに、結局捨ててもらえなかった。詩的な構成がいいと言って愛読していたシャブテの漫画。幸せそうに抱きあうふたりの写真。それから、ヘッドホンも……。ヤンはこれらを興味なさそうに眺めてから、ヘッドホンを見て顔をゆがめ、そろそろと手をのばしてそっと触った。

「あなたのものよ。覚えてる?」

何か声が返ってきたが、意味は理解できない。アンナはアイポッドからヤンのお気に入りの曲を選び――ブルース・スプリングスティーンの『ボビージーン』だ――ヤンの耳にヘッドホンをかけた。ヤンはされるがままだった。この曲は、メランコリックで力強いサックスがたまらなく胸を打つ。最初の音を聞いただけで、ヤンの目が輝いた。アンナはほぼ息をしていなかった。ヤンの耳に聞こえている何かが、失われた記憶を揺らし、ヤンの心に働きかけているのだろうか?

ヤンが前後に揺れはじめた。不安からではなく、曲を聞いて恍惚状態になっているようだ。これは音楽に反応しているのだろうか? それとも記憶に?

ところが、最後のほうになると飽きてしまったらしく、ヘッドホンを外して放りなげた。そしてまた、生気のない顔に戻る。アンナは写真を見せて注意を引こうとしたが、ヤンは何の反応も返さず、見えない境界線の向こう側に、アンナが入ることのできない彼の世界に帰ってしまった。アンナには、彼が無気力になっているのは鎮静剤のせいだけでなく、自由を失ったことと、孤独にさいなまれているせいだとわかっていた。

彼女が写真とハンチング帽を鞄に戻し、漫画とヘッドホンもしまおうとしたところで、天井の照明がついに消えて、室内が真っ暗になった。アンナは一瞬、ここに来た自分を罰するため、アントネッティがわざとやったのかと思った。あるいは、実験を続けたくなくなるように、恐怖を植えつけるとか。あのゲス野郎ならやりかねない。

と、近くで物音が聞こえた。ヤンが動いているらしいが、暗闇の中で何をしているかがわからない。

（わたしの姿が見えているの？）

臭いを嗅がれているのは確かなようだ。相手を襲っていいと理解してしまったら、どうしたらいいだろう？

（ヤンに嚙まれるかもしれない。身を守るものは何も持ってこなかったのに！　せめて、あのスタンガンがあったら……）

パニックになる寸前で、照明が点灯した。ためらいながら目を瞬くと、黄色い灯りが見えた。ヤンは部屋の奥のほうに座り、耳にヘッドホンをかけている。アンナは驚きの声を飲み込んだ。一説によると、エレクトスは夜目が利き、夜行性だったという。もちろんそれを明確に証明できた古生物学者は誰もいないが、どうやら本当の話のように思える。ヤンにテストを受けさせてもいいかもしれない。

ヤンは落ち着いたらしく、また身体を揺らしている。アンナは彼をしばらくそのままにしておくことにした。ヘッドホンのおかげで、昔に戻っているのかもしれない。それなら彼女のことを思い出してくれるかもしれないし、少なくとも、外にいる軍人よりは、友好的で親しみが持てる存在と感じてもらえるだろう。

アンナは立ち上がり、扉のそばに行って、できるだけそっとノックした。

「上等兵、開けてください」


車に戻ったところで、ニューヨークがまだ朝方の四時だと知りながら、アンナは急ぎステファンに電話をした。すると、待ちかまえていたかのように、すぐに電話がつながった。

「アンナかい？　彼に会ったんだね？」

「はい。ご友人が約束を守ってくれました」

「結果は？」

「悪くなかったです。でも動物園だなんて……ステファン、彼らは野獣のように扱われていました。檻の中に閉じ込められていたんです……」

「ああ、知っている。残念だが、今のところはどうにもできない」

「今のところ、って……いつになったら待遇が改善されるんですか？」

「世界の国々が、彼らの処遇について決定を下し次第すぐにだ……。すまないが、今はそれしか言えないんだよ。それで、会ってみてどうだった？」

「ヤンに好きだった曲を聞かせたんです。そしたら、ちゃんと反応がありました」

「それは希望が持てるな」

「ただ、鎮静剤を打たれていましたから。より正確な評価を下すには、もっと時間が必要です。今晩、もう一回やってみるつもりです」

「アンナ？」

　ステファンの声にとまどいが感じられて、アンナはためらいながら答えた。

「はい？」

「きみにとってそのテストが重要なことはわかっている。だが、それを延期して、ニューヨークに来てもらえないだろうか。実は、エレクトスの身分について討論する場で、きみがスピーチできるよう手配したんだ」

「わたしは行けません。今は無理です。アントネッティからは、二日しかもらえなかったんです」

「きみが証言してくれたら、すべてが変わる。きみは、もっとも近い場所ですべてを見ていたじゃないか。ヒトへの感染が確認される前からずっとだ」

「あなただって同じでしょう」

「それは違う。きみは退化現象と向きあって十年になる。誰もがきみに背を向けていたあの時、正しいのはきみのほうだった。きみの言葉は私のものより重みがあるはずだ」

「ごめんなさい。ヤンを置いていけません。彼にはわたしが必要なんです」

「そうだよ、彼にはきみが必要なんだ。だからこそ、彼を守る一番いい方法は、きみがニューヨークに来ることだ。アントネッティには、ヤンの扱いを見直すよう説得しよう。私を見捨てないでくれ、アンナ、頼む……」

六

九月二十六日二十一時
〈トップニュース〉スタジオ

ジェイソン・スミスの格好――ホワイトニングされた歯と、ポマードで固めた髪、ボディコンシャスな黄色のジャケット、それを際立たせるピンクのポケットチーフ――は、テレビ番組のキャスターというより、ファッションモデルのなりそこないと言ったほうがしっくりくる。ただ、これほど滑稽な見た目でも、彼はゴールデンタイムに数千万人が視聴するニューヨークの人気バラエティ・トークショーの看板キャスターなのだ。

その〈トップニュース〉のゲストに、ステファン・ゴードンが登場する。ジェイソンは、ゴードンをまったく信用しておらず、この愚か者を叩きつぶすか、少なくともつぶす努力をする者が必要だと考えていた。ジェイソン自身は、エレクトスに対し明確な意見を持っている。彼はそれを広く分かちあいたいと思った。それに、ゴードンのような道化は大衆に大受けするとにらんでいた。

ゲーム開始のゴング代わりに、ジェイソンが敵意をむき出しにして大声でがなる。

「ステファン・ゴードン、あなたも僕と同じく、エレクトスが共食いしていたことを知っているはずだ。だったら、奴らの中に人間性の欠片を見つけたいとは、おかしな話だとは思わないかい？　今晩、あなたはＷＨＯのスポークスマンとして、ここに来てくれたんだよね？　ＷＨＯはいったいいつまで奴らを病人扱いするつもりなんだ？　そろそろ現実を直視するべきだと思うよ？　肉親が感染してしまった紳士、淑女の諸君には申し訳ないが、このあたりではっきり言わせてもらおうか――あの生き物は、野獣なんだよ！」

この程度の口撃は想定内であり、ステファンは対抗策を用意していた。

「親愛なるジェイソン、あなたが率直な質問をくれたからには、私も率直に答えよう」

ステファンは、演出の効果が発揮されるよう司会者に身を寄せた。

「しかし、先ほどのような言い方をされると、五百年前に遡《さかのぼ》った気がするね。あの時代は、〝新大陸〟の〈原住民〉と、文明化された〈白人〉が対等であることを疑っていたじゃないか？　実は、私の同僚にペルー人の女性がいるんだ。自分は人類に属しているかと問われて、彼女が喜ぶとは思えないね」

「そりゃそうさ、特に兄弟がプロレスなんてやってようものなら、恥ずかしくて答えられないよ！　ペルーはふたつにひとつの家庭にプロレス選手がいるんだろう？　凄い確率だよね。わかった、じゃあ彼女に訊くのはやめておいてあげよう！」ジェイソンは自画自賛するように爆笑した。

　観客もつられて一緒に笑っている。続いてジェイソンが、にっこり笑ってもうひとりのゲストのほうを向いたので、ステファンは歯磨き粉のCMを見せられた気になった。ふたり目のゲストのポール・ジェンキンス教授は、コロンビア大学で哲学を教えている。彼は実に教育者らしい格好をしていた。べっ甲フレームの眼鏡、ツイードのジャケット、フランネルのパンツ。司会者と真逆すぎて、悪い冗談に見える。

「ポール、あなたは哲学者として、ステファンが答えをはぐらかしたという僕の意見に同意してくれると思う」

「おっしゃる通りです。我々はこのテーマをもっと深刻に扱うべきです。では実際問題、何が人間と動物を分けるのでしょう？　立って歩くことでしょうか？　洗練された言語？　それとも信仰心があるかどうか？――」

　ジェイソンが満足げに話を切った。

「ちょっと待ってくれ、教授。僕はね、パンデミック前は、毎晩カウチにひっくり返って、ジャイアンツがこてんぱんにやられるのを見ながら言いたい放題だったんだ！　そうすると、あなたが人間のカテゴリーから追いだそうとしているのは、僕ってことになるよね?」

「申し訳ありません、スミスさん」

まともな受け答えではないことをまったく気にかけず、ジェンキンスがおもしろそうに微笑んでいる。ジェイソンは内ポケットから携帯電話を出すふりをした。

「ちょっと失礼、妻に電話しなきゃ。彼女はいつでも僕を怪物扱いするんだよね。ダーリン、きみが正しかったよ!」

それだけ言うと、彼は眉をひそめ、急に深刻な顔になった。

「よし、じゃあこのあたりでちょっと真面目な話をしようか。ポール、教えてくれ。人間の定義は何?」

「私の個人的な立場は重要ではありません。逆に、信仰を持つ者の立場は、明日の討論の場で決定的になると思います。ここではひとつだけお伝えしておきましょう。問いに答えがない場合は、人間は天に尋ねるものですよ」

「では、カトリックの立場はどういうものになると?」

「私がその立場で答えることはできませんが、魂が人間に固有のものであるなら、根本的な問いはこのように表現できると思います。すなわち、エレクトスに魂はあるのか?」

「ステファン、あなたはこの分析に同意できる?」

ステファンはただ微笑んだ。テレビ的なジョークと、本質的な問いを交互に繰り返すだけの手法には、呆れるしかない。彼は少しためらってから、肩をすくめて見せた。それから、数秒かかってネクタイからマイクを外し、立ち上がった。ジェイソンは驚きすぎて抗議ができず、目を大きく見開いて彼を見つめている。ゲストが反旗を翻すことに慣れていないのかもしれない。

「申し訳ないね、親愛なるジェイソン。それから、こちらの教授は創造論者とお見受けするが、その立場を標榜する時は、必ず、天がどうのと唱えなければならないようだね。私はほかにやることがあるから、これ以上は、世間知らずの司会者とえせ教授のくだらないやりとりを聞いていられないんだ」

喝采とヤジを背中に浴びてスタジオのセットを離れつつも、ステファンはすでに明日のことを考えていた。次の投票も大敗するだろう。今、ようやくわかったのだ。前回の安全保障理事会では、国家の判断力を当てにして失敗したのだ、と。あれは、このスタジオのように、愚かでなれなれしいものだった。〈トップニュース〉のおかげで、エレクトスの運命を決める明日の国連総会がどう展開されるか、彼にははっきりとわかってしまった。

＊　＊　＊

アンナがニューヨークへ向かうと知ったアントネッティは、彼女を約束の守れない風見鶏とこき下ろし、軽蔑を隠さなかった。実際のところ、彼の言う通りかもしれない。機上の人となった今でも、アンナは自分の行動が正しいのか、正しくないのか判断がつかなかった。

ニューヨークに着くや、アンナは国連本部ビルに向かう。ステファンは総会議場前のロビーで待ちかまえていた。彼の姿を見て、アンナは心臓を鷲づかみにされたかのような思いがした。ジュネーヴで彼と一緒にいたあの時に、ヤンが感染したという一報が飛び込んできたのだ。一世紀も前の話に思えるのに、実際はわずか三週間しかたっていない。

「アンナ、よく来てくれた。もう間もなく宗教者の代表スピーチが終わるところだ。きみはそのあとになる」

「状況はどうなっていますか？」

「かんばしくないね。隠してもしかたがない。だが、国連は慣例をひっくり返してまで、我々に賭けている」

「どういうことですか？」

「総会で、百九十三カ国の加盟国による投票があると言っても、通常はその結果を単なる意見の表明としかとらえないんだよ。決定権があるのは、あくまでも安全保障理事会だ。

しかし今回は、問題を憂慮した国連事務総長が、安全保障理事会のほうが総会の意見に無条件で従うべきだと提案した」

「つまり、わたしたちが総会の支持を得られればそれで勝ち？」

「ああ、ぜひそうなってほしい……」

総会議場に入る前に、ふたりはスピーチを生中継しているモニターの前で止まった。特命を負った枢機卿が、白い長衣と緋色の帽子姿で聖職者らしく超然と語っている。その言葉を聞いて、アンナは震え上がった。

「あなた方は、教皇聖下の立場を理解されていることでしょう。進化は偶然の実りであっても、神が望み給うた偶然です。人間、それだけが神の御業の結集なのです。最近では、エレクトスもまた、神の御業によって生まれた我らの息子、我らの仲間、我らの親でありました。そのことを忘れてはなりません。それに加え、彼らが地上の生き物である限り、私たちから無限の憐れみを受けねばならないのです。ただし、不幸による試練を受けたこの生き物のどれひとつでも、自覚に満ちた人間の地位を要求することはないでしょう」

ステファンが腕時計に目をやった。

「そろそろきみの番だ」

「まさか、この人のあとですか？」

「サンドロ猊下《げいか》だね。保守派の」

「保守派！」

「ああ、それも、超がつく保守派だ」

ステファンはアンナが心配だった。近親者が感染しただけでは、ある種の論拠を突破する切り札にはなり得ない。彼女を最前線に送り出すことは間違いだったのかと、今さらながら悩んだ。しかし、もう後悔しても遅い。

ふたりは総会議場の中央に進み、オリーヴの枝で飾られた、巨大な平面天球図の前にやってきた。背景の金箔が、ここで口にされるすべての言葉には金の価値がある、とでもいうように輝いている。

総会議長はふたりが現れるのを見て、次の講演者を紹介した。

「それではここで、古生物学者のアンナ・ムニエ氏にご登壇いただきましょう。すでにお名前をご存じの方ばかりでしょうね。現在、人類を苦しめている退化現象について、長期にわたり研究を続けておられる世界屈指の科学者です。ただし、本日は、その輝かしい立場からはもちろんのこと、ひとり目の発症患者を含む、大勢のエレクトスと接触してきた経験を踏まえて話をしてくださいます。ムニエ氏の貴重な報告は、我々がこれから議論を重ねていく上での道しるべとなるでしょう」

アンナは舞い上がらないよう努めながら演壇に向かった。加盟各国のメンバーは、五人の代表団で編成されている。これまで参加したもっとも大規模な学会でも、これほどの人数の前で発表したことはなかった。それなのに、今回はサテンのパイピングがついた黒のスーツと白いシャツではなく、普段着のスウェットパンツをはいている。

いくつか謝辞を述べて、アンナはスピーチの核心部分に入った。

「お集まりのみなさん、わたしはこの総会でお話しできることを誇りに思うとともに、興奮し、責任を感じております。今から七十年以上前、五十名の善意の方々が、〝人類の基本権利〟を土台とする世界秩序の構築に臨みました。そして今、〈クルーガー・ウイルス〉によるパンデミックは、まず、何としてでも撲滅しなければならない公衆衛生上の脅威となり、さらには、人と、その根源と、その未来にかかわる重大な問いかけをもたらしました。そう、七十年前と同じ〝人類の基本権利〟という問いかけです。先ほど総会議長からご紹介いただいたように、わたしは古生物学者として、退化動物の化石を発掘する機会に恵まれました。しかしながら、今日こうしてみなさんの前でお話ししたいと決意したのは、ひとりの女性としてのわたしです。なぜならわたしのパートナーであるヤン・ルベル氏が、〈クルーガー・ウイルス〉に感染してしまったからです」

この率直な発言は会場を揺さぶり、あちこちでざわめきが起った。

「わたしはこの数週間でエレクトスについて多くを学び、ある大切なことを理解しました。ヤンの外見と行動が変わったとしても、彼の中には、わたしが愛して理解した、彼という人間のごく一部が、確かに生きつづけていたのです。そして、そのことを抜きにしても、彼は間違いなく人間でした。以前の生活の思い出にも反応を示しているように思えます。自分のファーストネームや、好きだった音楽を覚えているようです。わたしは信じているのです。今はまだ小さな発見であっても、きっとまた別の発見があり、それはより重要なものであって、いつかは――」

ロシア代表のひとりが立ち上がり、無作法に話をさえぎった。

「ちょっと現実的になろう」彼はたどたどしい英語で激しく抗議した。「エレクトスは人間のくずだ！」

アンナは憤怒に駆られ、原稿を離れ、すぐさま言い返した。

「親が先史時代の姿になれば、もう親ではないと考えるのですか？　動物のように、檻に入れられてしまってもいいと？　そんなはずがありません。わたしたちは、彼らを〝系統樹の姉妹種〟として――」

ロシア人がまた割り込んできた。総会議長は不快感をあらわにしている。

「人類は一種類しかいないんだよ、ムニエさん。それは我々のことだ」

「ええ、おっしゃる通り、今はわたしたちが唯一の人類でしょう。ですが、いつもそうではなかったのですよ。五万年ほど前のことです。ホモ・サピエンスはアフリカのサバンナを離れてヨーロッパの森に足を踏みいれ、ネアンデルタール人に出会いました。そこで、何が起こったと思いますか？　サピエンスはすぐ武器を持って戦うのではなく、時間をかけて環境に適合し、敵を情け容赦なく破滅に追いやることで領土を得たのです。ネアンデルタール人は、二万年のうちに、サピエンスによる拡大欲求の犠牲となって消滅しました。二十一世紀の人間に同じことを、ジェノサイドをしろと勧めるのですか？　考えてみてください。これは別の人類とともに生きるチャンスなのです。その一度切りのチャンスを潰さないでください。エレクトスを獣の地位におとしめてはいけません。かつて、エレクトスはわたしたちの兄弟でした。今ここにいる彼らエレクトスは、わたしたちの祖先の遺伝子を持っているのです。わたしたちは、人間性を尊ぶのでしょう？　それなのに、エレクトスを牢に入れっぱなしにしようだなんて、そんな非人道的なことは許されません。彼らは、地球上にすでに十万人は存在しているのです。彼らを受け入れる専門のシェルターを建設し、そこに入居してもらって、ひとりひとりに教えていきましょう。噛んではいけないことや、攻撃的だったり、今の社会に不適応な行動を取ってはいけないことを、教えなければなりません。啓蒙主義を受け継ぐわたしたちが蛮行に出てしまったら、どうやって非暴力を学んでもらえるのですか？　そして、傷ついた家族に何と言えばいいのですか？　子供たちが知りたくなった時、どのように伝えるつもりですか？　彼らはわたしたちと違いすぎるから一緒には生きられない。だから殺したんだ、そう言いますか？　先史時代の人々はわたしたちの過去であり、二百万年前のわたしたちがどうだったかを知る素晴らしい機会を提供してくれます。ですが、その科学的な価値より何よりも、わたしたちの意識が問われているのです」

会場内がしんと静まり返った中で、アンナは演壇を降りた。ここにいるひとりひとりを説得するために、すべてを出し切ったつもりだった——私生活も、信念も、自分の弱さも。それで十分ではないだろうが、疲れていても、心は安らかに満たされていた。ようやく終わったのだ……。

座り込んでしまう前にステファンがそばにきて、アンナを抱きしめるとそっと優しくささやいた。

「ありがとう、きみは素晴らしいことをなしとげてくれた」

七

九月二十九日の午後、アントネッティの命令を受け、兵士たちが動物園のキリンの檻から〈エレクトス・ルベル〉を出した。彼らは輪差《わさ》を使い、屋根がなく背が高い柵状の檻にヤンを移した。中には木が生えていて、四十人ほどのエレクトスがいる。すぐにエレクトスたちが新入りを囲み、歯を剝きだしにして威嚇《いかく》を始めた。新入りのヤンは耳の形状から、彼らに〈切れ耳〉と認識された。

〈切れ耳〉は、ほかのエレクトスたちが集まる中央の広葉樹を避けて、奥にある木に登った。そこから彼らを観察して、グループのボスを探すことにしたのだ。注意深く見ていると、群れは新しい状況が生じるたびに、特定のオスから許可を得ようとしたり、そのオスの行動を真似たりしている。ボスと思われるオスはがっしりとした身体つきで、顎から垂れた毛がずいぶんと長い。〈切れ耳〉は、ボスを〈垂らし髪〉と呼ぶことにした。

日が暮れて、腹が減った〈切れ耳〉は、食べ物が置かれる台のところに行ってつぶれた果物の残骸を取ってこようと考えた。木から降りて地面に足をつける。そのとたん、〈垂らし髪〉が投げた石が頭に当たり、エレクトスたちがどっと沸いた。カッとなった〈切れ耳〉は、頭に当たった石を持って脅すように振りかざし、左右の足に交互に体重をかけて、挑発するように揺れ動いてみせた。ボスに戦う意思はないらしく、ただ、口から不思議な音を出した。

「ティカク！」

〈垂らし髪〉の口から出る音の響きは、いつも〈切れ耳〉を怖がらせる〈二本足〉の口から出るものに近い。〈切れ耳〉はわけがわからず、動きを止めて立ちすくんだ。初めて聞く音が不思議でしかたがない。奥の木の枝に戻って真似をしても、「イヤクク」にしかならなかった。

空腹のままでも、〈垂らし髪〉に敵意を向けられても、〈切れ耳〉は自分と似た存在に囲まれていることで安心できた。もちろん、石を投げられたのは怖かったが、仲間の存在は、それよりはるかに深い恐怖を鎮めてくれる。それは〈大いなる眠り〉から目覚めた時に感じた恐怖だった。

エレクトスたちは、木の下に落ち葉を敷きつめ、互いにくっつきあって座っている。見るからに暖かそうで、ひとりきりで木の枝に座っていた〈切れ耳〉は、彼らが羨ましかった。メスはみんなでひとかたまりになって、中には目を閉じている者もいる。仲間のシラミを取っているオスの姿もあった。ほかとは違う手をしていたので、〈切れ耳〉は彼を〈三本指〉と名づけた。そばにいなくても、こんなふうに名前が決まるだけで親しみが持てた。

〈三本指〉は次々とシラミを取る相手を替えて、そのたびに動きが派手になっていく。手をぶつけられたエレクトスは、怒るか、〈三本指〉をつねったり嚙んだりした。だが〈三本指〉は気にしていない。ところが、あたりが暗くなればなるほど〈三本指〉は落ち着きを失い、しきりにうめき声を発するようになる。しまいに彼は、年老いたオスに寝ぐらから追いだされ、柵の端まで行って、しゃがんだまま動かなくなった。

〈三本指〉は、光が消えることがひどく不安だったのかもしれない。柵に身体を押しつけて悲しげに遠吠えをすると、仲間からは苛立ったうなり声が返ってくる。突然〈垂らし髪〉が群れから離れ、〈三本指〉のところに向かっていった。特に苛ついているわけではなくて、「ティカク、ティカク」と繰り返し、柵の向こうを指差しながら〈三本指〉を揺さぶっている。

〈切れ耳〉は身を乗りだし、ふたりをもっとよく見ようとした。〈三本指〉はじっとうずくまっていたのが、しつこくされたせいか、立ち上がって乱暴にボスを押した。倒された〈垂らし髪〉は、飛びおきると、目を真っ赤にして怒っている。〈三本指〉は唇を突きだして挑発し、衝撃に備えるように背中を丸めた。両者の力は均衡しているらしい。身体つきなら〈三本指〉のほうががっしりしているが、ボスには権力と経験がある。緊張が高まり、静寂の中、ふたりのエレクトスが鋭く吠えつづけた。〈切れ耳〉には対決の行方がわかっていた。〈垂らし髪〉が暴走ぎみのオスを教えさとすのだろう。

その時、〈三本指〉がボスに手をのばした。戦いよりシラミが気になったのだろうか？それとも、これが面目を失わずに服従する方法なのか？〈垂らし髪〉は、なぜか瞬きひとつしない。数分後、ボスは十分だと判断したらしく、落ち葉の山を指差して、みんなのところに戻って寝るように相手を促した。だが、〈三本指〉はもう一度緩慢な動きでボスを押した。疲れてしまったようで、小さくうめいている。〈垂らし髪〉は所定の位置である群れの真ん中に戻り、〈三本指〉は先ほどのようにうずくまって空を見上げた。理由はわからないが、どうやら落ち着いたようだった。

夜、〈切れ耳〉はみんなが眠っているすきに食事をし、できる範囲でまどろんだ。そして、夜明けと同時に岩の近くに避難した。ほかのエレクトスには無視されたが、それこそが希望を持てるきざしだった。

〈垂らし髪〉も〈切れ耳〉を無視して、いつものように朝の訓練を開始した。空に向かって投げた石で〈飛ぶもの〉を落とすことができたので、もっといろいろな獲物を仕留めようと、繰り返し石を投げているのだ。地面に落ちてきたトリの死骸はそれほど肉づきがよくないものの、この石投げは気ばらしになり、飢えも満たしてくれる。ボスは食べ物の台に残っている〈ティカク〉の臭いが大嫌いで、それと同じくらい、彼らが出す音も、命令も、鋲のついた鞭も憎んでいた。だから、彼らの助けに頼らず食べものを得られるだけで最高の気分になれた。ただし、この気分を味わうためには正確な腕が必要となる。〈垂らし髪〉は射程距離に〈飛ぶもの〉を見つけるや、朝のひとときを訓練にあてた。

その時だった。強く投げた石が〈ティカク〉の頭に当たった。〈ティカク〉は悲鳴をあげ、〈雷棒〉を〈垂らし髪〉のほうに向けて走ってくる。〈垂らし髪〉は、服従の姿勢でうずくまっても無駄だとわかっていた。怒りのまま「ティカク、ティカク」と叫び、急いで木のほうに逃げていく。三歩で枝にたどりつくと、茂みをよじ登って姿を隠す。〈垂らし髪〉は恐怖と怒りで震えていた。


その姿をじっと観察しながら、〈切れ耳〉はひどく驚いていた。ボスが怒りに満ちて使う〈ティカク〉という言葉が、自分が忌み嫌う〈二本足〉と同じ存在を指していたからだ。この時〈切れ耳〉の胸の内にボスに対する親近感が湧き上がった。

そして目の前では、そのボスが危機に瀕している。次の瞬間、〈切れ耳〉は突き動かされるように立ち、〈二本足《ティカク》〉の先回りをするように鉄格子に向かって駆けだした。たどりついた先で、石と石をぶつけて不快な音を鳴らしながら、ボスの敵である〈ティカク〉に対峙する。

「どけ、俺の相手はおまえじゃない！」

〈ティカク〉に言われても、〈切れ耳〉はその場から動こうとせず、逆に胸を膨らませてうなった。それはボスのためだけに取った行動ではない。ボスを守れば仲間から認められ、その結果、飢えをしのぎ、暖かく眠れるだろう。自分には群れが必要なのだ……。〈切れ耳〉は檻に飛びかかり、力の限り鉄格子をゆすった。前方から刺激臭が強風のように吹きつけてきた。心臓が高鳴り、嚙みつきたいという衝動に飲み込まれそうになる。見ると、〈ティカク〉が恐怖の汗をかいていた。距離は三歩しか離れていない。〈切れ耳〉は唇をめくってうなった。戦うつもりはなかったものの、怒りが全身に広がって、嫌な記憶がよみがえる。首に輪をかけられた時の痛み、そして恐怖。冷たい地面。今、自分を恐れている愚かな生き物が、これらすべてをやってのけたとは……。

突然、雷鳴が轟き、身体の中で痛みが爆発した。痛みのもとをたどると、〈ティカク〉が持つ〈雷棒〉から飛んできた鋭い何かが、腰に刺さっている。身をよじりながらそれを抜こうとした時、ふいに目が瞬いた。その直後、〈切れ耳〉は立っていられなくなり、がくりと倒れ込んだ。

八

九月三十日十一時、アンナはステファンとマーガレットの間に立ち、国連本部ビル二十八階のテレビモニター前で、総会の投票結果を待っていた。各国がエレクトスの処遇について討論してから三日がたった。外では、屋根に衛星アンテナを乗せた数十台の中継車が、建物を囲んでいる。

モニターに、憔悴し切った総会議長の顔が映しだされる。彼は簡単に、代表らに与えられた質問について触れてから、意見を表明するよう促した。二分後、結果が出た。

『エレクトスは人間か？』という問いに、議会の五十八パーセントが〈いいえ〉と答えた。

アンナは、フランスまでもが〈いいえ〉を選んだことに打ちのめされていた。ヤンを置き去りにしてまでここまできたのに……。檀上で訴えかけたことは、何の意味もなさなかったのだ。

九

度重なる敗北で、さすがのステファンも忍耐力を失いかけていた。娘のことが頭に浮かび、これほど長く会えないでいることに、我慢の限界が来ている。ふいに、研究施設への立ち入りを断固として拒絶するパロマ・ウエバーのことを思い出し、これまでの人生で感じたことがないくらい強く、殺意にも似た怒りを覚えた。あの女は、自分にはまったく関係ないとばかりに闘争心をあらわにしている。もうたくさんだった。今度は自分が直接南アフリカ政府と話し、ルーカス・カルヴァーリョに研究施設を調査させると決意した。

遠く離れていようが、今回もまたガブリエラに助けられ、ステファンは一時間後に、南アフリカ内務大臣ジョン・シャボンゴに直通の電話番号を入手した。〈アフリカ民族会議〉の元戦闘員だったシャボンゴは、人生のほぼすべてをアパルトヘイトとの闘いに費やしてきた猛者で、ネルソン・マンデラの同志でもある。それにもかかわらず、彼もまたフューチュラバイオをかばっているのだ。だが、あの男がどれほど悪に手を染めていようと、ステファンは望みのものを手に入れると決意していた。大臣に電話がつながると、挨拶も早々に攻撃を開始する。

「シャボンゴ大臣、あなたがなぜフューチュラバイオをかばうのかはわからないが、世界中がウイルスによる危機に瀕している状態で、あなたの経済的愛国心は何の意味もなさない。このばかげた措置を撤回してくださらないなら、私は――」

「そのくらいにしてくれないか……」内務大臣が苦しげな声でさえぎった。「真実と良心を失った報いはすでに嫌というほど受けている。好きにすればいい。政府の許可は出す」

これほど急に立場を変えたら、相手が驚くことはシャボンゴ本人もわかっていた。ＷＨＯの要求を受け入れれば、これまでの名声と大臣の地位すら危うくなるだろう。だが、そんなことはもはやどうでもよかった。今後、巻き込まれるであろう取り調べさえ、少しも怖くはなかった。

ジャボンゴはマレラネの研究施設で警備を担当していた責任者に電話をかけ、ＷＨＯの要求にすべて応じるよう厳命した。それから窓のそばに行き、百メートルの高さから眼下の道路を眺めた。直射日光の下で人間と車がひしめいている。ふいに、そこに身を躍らせたいという衝動に駆られた。

室内は空調で管理されており、窓が開くことはない。それなら、屋上から飛び降りればいいのだろうが、非常階段を上り、屋上ドアの鍵を開け、さらに手すりをまたがなければならない。自分にその気力が残っているか、定かではなかった。それに、絶対そうしたいわけでもない。はらわたがよじれるような思いなら、すでに経験ずみだった。その意味では、代償を支払ったばかりとも言えるだろう。自分の間違った行動のツケを、自分の無責任な行動の報いを、この身がちぎれるほどの悲しみで償ったのだ。あと少しの権力と、あと少しの金があったところで、どんな意味があるというのか……。

内務大臣は泣いていた。

昨夜、愛する孫がラットに刺された。そして今、昏睡状態に陥っている。

カイルの日記

　おじいちゃんは、しんぽした。ぼくもいろいろ教えている。おじいちゃんは、ものまねと新しい音が大好きだ。おじいちゃんにとって、ぼくは〈カイ〉。「カアァアアイ」ってわめいて、それから、ぼくが教えたように、ぼくのむねをたたく。ぼくは、まわりにあるものを指でさして、名前を言っていく。木、空、夜、昼。おじいちゃんは、それをくりかえすこともあるし、ゆっくりゆれていることもある。そういう時は、言葉じゃなくて、別の何かが聞こえているみたいだ。おじいちゃんは、何を考えているんだろう。たぶん昔のことじゃないかな。いっしょにサバンナに行った時は、歴史の話をしてくれたから。おじいちゃんは言っていた。

「カイル、最初の人間はアフリカで生まれたんだ。この土地に生きる人間はみんな、最初の人間の足あとをたどっているかもしれないぞ」

　前と同じじゃなくても、おじいちゃんはすごくしんぽしている。いつか、みんながおじいちゃんのことを、思い出をわすれたおとなしい老人みたいに思ってくれたらいいな。

十

十月一日、朝六時ちょうどに、ルーカスはメアリーが経営するロッジの管理棟の前に、ダニーのピックアップトラックを止めた。ハードな一日になることがわかっていたので、昨日のうちにダーバンを出て、夜はこのロッジの一室で休ませてもらった。それでも、気分がひどく高ぶっている。あと二時間もしないうちに、〈クルーガー・ウイルス〉に感染していることが確実視されているレベル4の研究施設に入らなければならない。だがルーカスは、これから突入する〝危険地帯〟の平面図すら持ちあわせていなかった。これでは地雷原を目隠しで探索するのも同然に思えてくる。

キッチンで待っていたメアリーは、不思議なほど落ち着いて見えた。連れていってくれと頼まれた時、ルーカスは、無茶だと思いながらも断わる気になれなかった。感染症が始まった時から、いや、〈クルーガー・ウイルス〉と名づけられる前から、彼女は最前線にいたのだから。

「本当に、一緒に行きたいんだね?」

念のため確認すると、メアリーは寂しげにうなずいた。

「はい、父のためですから。でも、自分のためでもあるんです。そうしないとおかしくなりそうなんです。わたしのこの気持ちは、当事者でないと理解できないでしょうね。育ててくれて、愛してくれて、人生を導いてくれた父が、まるで……まるで文明化されたサルのようになるなんて！　本当にぞっとします」

「メアリー、わかっているよね――」

「ええ、もちろん！　エレクトスはサルじゃない！　わかっています。でも、父を見るたびに、そうとしか考えられなくなるんです。むしろ死んでくれたほうがましじゃないかって、何度も思いました。そしてそのたびに、ひどく後悔してしまうの」

メアリーは話をやめて、キッチンに入ってきた男に笑いかけた。ラグビーのプロップのようながっちりした身体つきをしている。

「おはよう、テッド。ルーカス、こちらはテッド・ガボーン。南アフリカの特殊部隊出身で、アンゴラの内戦を経験しています。彼にわたしたちの警護を依頼しました。テッド、こちらはルーカス・カルヴァーリョ、探検隊のガイドよ」

「よろしく。確かに今日は守護天使が必要になりそうだな」

十五分後、三人はピックアップトラックに乗り込み、目的地へ向かっていた。あたりは黙示録を思わせる鉄灰色の雲で覆われ、いつも以上に陰鬱な雰囲気が漂っている。車内では、誰も口を開こうとしない。ルーカスは、この件が片づくまで、メアリーにダニーの様子は訊かないと決めていた。あんなふうに苦しい胸の内を吐露されたあとでは、とても父親の現状を尋ねる気にはなれなかった。

通りすぎる車に向かって、ゴンフォテリウムの群れが誇らしげに二組の牙を掲げる。こうして自然の真っ只中で自由におだやかに過ごしている姿を見ると、あちこちに広がる生命力に感嘆せずにはいられなかった。結局のところ、〈クルーガー・ウイルス〉を呪いのように考えているのは人間だけなのだ。

二時間後、彼らはフューチュラバイオの研究施設に通じる脇道に来た。ここまでの道は閑散としていたのに、建物のゲートの前まで来ると、武器を持った男たちが大勢で見張りに立っている。車を近づけると、ひとりが手で制しながら足早にやってきた。

大臣の命令がここまで届いているらしく、ルーカスが通行許可証を提示しただけでゲートは開門された。今回は、フェンスの穴をすり抜けずにすむ。

ピックアップトラックを駐車場に止めて、テッドが大きなトランクを降ろした。準備は万全に整えられており、まずメアリーが防護服に袖を通す。頭部には気密性がある柔らかいマスクがついていて、それが背中にある酸素システムとつながっている。スイッチを入れると、防護服が膨らみだした。

彼女の健康状態を気にかけながら、ルーカスは自分の装備を整える。グローブとシューズカバーの装着部分を確認し、そこに粘着テープをぐるぐると巻きつけた。段ボール箱の接着に使うテープだと知って驚くメアリーに、ルーカスが説明した。

「念のための補強だよ。バイオセーフティーレベル4に入るんだ、何があるかわかったもんじゃない。このやり方はゴードンが教えてくれたんだ」

ふたりが身支度を終える頃、先に準備をすませたテッドが、入り口扉の開錠に取りかかっていた。これにはものの一分もかからなかった。テッドが先陣を切り、中に入る。その五メートルうしろからメアリーがついていく。

「防護服はサルに噛まれても大丈夫ですか？」彼女が横にいるルーカスに尋ねる。

「先験的には、そうだね」

「その先験的って言葉、好きじゃありません」

「やめたければまだ間に合うんだよ。中に何があるか、何が起こるかもわからないんだ。すべての可能性に鑑みれば、ここから〈クルーガー・ウイルス〉が漏れたとしか考えられない。だが、ウイルス株が見つかったとしても、それがどういう状態かもわからない」

「行きます」

「……わかった」

エントランスホールには煌々と明かりがついていた。ルーカスは、自分がここに初めて来た時と、中の状況は変わっていないのだろうと思った。蛍光灯の青白い光で、不気味さがいっそう増して感じられる。

（ここで、どんな悲惨な事故が起こったんだろう……）

廊下の突き当たりに実験室に通じる扉があり、危険を示す黄色と黒で囲われたマグネット錠で厳重にロックされている。テッドが開錠に手こずっているようだ。ルーカスとメアリーは、先に収納庫を調べることにした。と、床に散らばっていたものをあさっていたメアリーが、カードキーを見つけた。ルーカスがマスクの向こうで微笑んだ。

「僕らはついているようだね。でも油断は禁物だ。さあ、これからはさらに慎重に進む必要がある」

カードキーで扉を開けて二階に上がり、ステンレス製の重い扉で仕切られた二カ所のエアロックを通過する。白いタイル張りの廊下が続き、その先にこの研究所の中枢をなすと思われるガラス張りの実験室が連なっていた。各実験室の天井からは、らせん状の黄色いホースが垂れ下がっている。通常時であれば、このホースを通じて清浄な空気が供給されるのだろう。

次の段取りを決めようとしたちょうどその時、突然甲高い鳴き声が響いた。

「廊下の奥から聞こえたわ」震える声でメアリーがささやく。「サルの鳴き声みたい」

「駐車場に面した部屋があるはずなんだ。おそらく、そこにいるんじゃないかな。今は放っておこう」まったくそんな状態ではないが、平静を装ってルーカスは答えた。

彼は、まず冷凍庫を開けようとして、水平の鉄の棒に阻まれた。ここはデジタルテンキーで施錠されている。ルーカスは内心で毒づいた。

（まったく、金庫よりも守りが堅いじゃないか！）

「テッド、これを開けられるものを持っているかい？　ウイルス株が分離されているなら、冷却されているはずなんだ」

「いや、この手の鍵の開錠ツールは用意していなかった。出直したほうがいいかもな」

「だめだ、すでにかなりの時間をロスしている……」

メアリーは隣の部屋に向かった。扉が半開きになっていて、ひどい悪臭が漏れてくる。

「ものすごく臭いません？」

「運がよければ、死体とご対面だな」メアリーのそばに行ってルーカスが答えた。

棚に五台のケージが並び、その中に五匹の乾燥した汚物にまみれたテナガザルの死骸が、それぞれ転がっていた。すでに微生物が分解作業を終えており、腐敗した肉体から、蛆虫《うじむし》が顔をのぞかせている。

「見ました？　尾があったわ」メアリーが指摘した。「あれは退化したテナガザルですよね？」

「そうだね。つまり〈クルーガー・ウイルス〉のすぐそばまで来ているということだ……」

ルーカスは採取キットを出して採血に取りかかった。ところが死骸からの採取に手こずり、何度もやり直して、ようやく検査に耐え得る血液サンプルをつくった。

ただ、これはあくまで第一段階であり、彼らにはもっと明白な、反論の余地がない証拠が必要だった。フューチュラバイオが〈クルーガー・ウイルス〉を手に入れる方法を開発したか、あるいは、少なくとも自然界に解きはなってしまった事故の形跡についての証拠が――。

それに、ルーカスにはもうひとつ重要な使命がある。昨晩、電話口で訴えるリン・ヴィシュナーの声は切実だった。

「あなたが見つけてくるものが、ワクチンを製造する資本になるの。わかるでしょう、どれほど貴重か……」

サンプル容器のキャップを厳重に締める間も、この言葉がずっと頭から離れない。

その間にも、メアリーはまた別の部屋で、いくつかのケージと死骸を発見していた。中を調べてみると、そのうちのひとつが空であることが確認された。

「逃げ足の速いテナガザルが入っていたんだろう」ルーカスが言った。「前回、アンナやダニーと来た時に見かけた奴かもしれない……。何てことだ、ここに来てから少なくとも一カ月半はたっているじゃないか！」

メアリーは防護服の中で汗だくだった。息が苦しく、汗が垂れて目に染みるので、マスクを外してしまいたくなる。だが、ルーカスから、ウイルスは有機体の外でも生き残ると教えられていた。建物の中はどこもかしこも危険でいっぱいらしい。

三人は最後に、一番大きな実験室に入った。換気設備と実験台に囲まれた中央に、ケーブルに覆われた五つの巨大な装置が鎮座している。各装置には直径十センチほどの開口部があり、そこから青味がかった淡い光が漏れている。

「これはいったい何？」

「生物の実験室でこんなものは一度も見たことがないな……」

装置のガラス窓を凝視するうち、メアリーは中に水が入っていて、影が動いていることに気づいた。

「ルーカス、中に生き物がいます！」

確かに、開口部から何かが通過しているのが見えた。長さ三十センチほどのタコのような生物が、ひゅんひゅんと飛ぶように移動している。その体が、断続的に点灯する極彩色のスポットに覆われている。

「これだ！　間違いない、ついに見つけたぞ！」ルーカスは目の前の光景に釘づけになりながら叫んだ。「だが、フューチュラバイオは、なぜこのタコみたいな生き物に興味を持ったんだろう？」

水槽の内側をのぞいた時に、気圧レベルのコントロールパネルが見えた。百八十バールを示している。ダイビングの経験者であるルーカスは、その数値が大きすぎることが気になった。水中では百メートルごとに十バールずつ圧が上がる。つまりこれらの水槽は、水深千八百メートルの環境を再現しているのだ。この推察が正しければ、この生き物は深海から連れてこられたということになる……。

ルーカスはふたりのほうを向いた。興奮のあまり息ができない。

「この深海の生き物のせいで、ウイルスはやりたい放題だったんじゃないか？　こいつらのせいで、僕らは前代未聞の生物学と向きあうはめになったんだ……。とにかく、この水槽ごと持ちかえろう。詳しく調べるのはそのあとの話だ」

テッドがうなずいた。

「ほかに持っていきたいものがあれば準備してくれ。俺はケーブルの先がどうなっているか確認してくるから、ここで十分後に会おう。それでいいか？」。

「ああ、頼む。この水槽には巨大な自立システムが備わっているはずだから、この状態のまま、しかるべき場所に移動できると思う。ひとつだけ持っていこう。残りはあとで考えればいい」

テッドが部屋を離れたあと、ふたりはキャビネットと実験台の引き出しをあさり、三冊の実験ノートを回収した。

その時、扉のあたりで音がした。

「テッド？」

まったく何の返事もない。

「まさか、あのサルなの？」パニックになりかけてメアリーがあえいだ。

ルーカスが答える前に、戸口にテナガザルが現れた。金切り声を発し、あちこちの実験台を飛びまわっている。サルはスピードを上げながらルーカスに向かってきて、カードキーを振りまわしながら五十センチの距離で止まった。黒い瞳がえぐるようにルーカスを見ている。

（そうやって餌を手に入れていたのか……。そのカードキーと、数カ月間の訓練のたまものだな）

ルーカスもきつい目で見つめ返す。

（なるほど、尾があるのか……）

唇をまくったテナガザルが近づいてくる。ルーカスは目を閉じてカウントを取った。六まで数えてまた目を開けた。サルはリアクションを待っているかのように、変わらず彼を凝視している。久々に生きている相手と遭遇したのだろう。と、サルがカードキーを捨て、ルーカスの背中に飛びのった。サルを怒らせないように、ルーカスはあえてうしろを見ない。

「奴は何をしている？」小声で尋ねる。

「酸素を送るホースに興味を示しています」

これほど状況が厳しく、詳細がまったくわからない中で酸素ホースを外されたら、無傷でいられるチャンスはほぼないに等しい。ルーカスはゆっくり動いてカードキーを拾い上げると、メアリーに差しだした。

「きみには、車に戻って鎮静剤を取ってきてほしい。さっきやって見せたように、必ず消毒してから外に出るんだ」

「嘘でしょ？　時間がかかりすぎます！」

「ほかに方法がない」

「……わかりました」

　メアリーは扉までそっとあとずさりして、廊下に出たところで足早に歩きはじめた。走ろうとしても防護服が邪魔な上に、耐え切れない暑さだ。それでも、できる限り急いだ。一秒ごとに、ルーカスがウイルスにさらされる危険性が高くなってしまう。

　薬液シャワー室の床には、スポンジと薄めた殺菌薬入りの容器が置いてあった。メアリーはたっぷり五分かけて丁寧に防護服を洗い、それから外に飛びだした。

　襲いくる恐怖をどうにかして抑え込む。取り乱している場合ではなかった。ピックアップトラックのドアを開けると、鎮静剤の容器は父親がいつも準備しておいた場所にある。ついでにチョコレートバーもつかむ。

　すでに体力の限界を感じていたが、帰りは小走りのまま、わずか四分で奥の実験室にたどりついた。実験室に戻ると、テッドがルーカスの近くで立っているのが見えた。そのルーカスは、出ていった時から姿勢を変えていなかった。

　額に脂汗を滲ませながらも、彼は落ち着いて指示を出した。

「血液中に直接打たなきゃならない……。テッドが抑えつけてくれるはずだ」

「了解。注射器の準備をするので、もう少しだけ我慢してください」

　準備が整うと、メアリーはチョコレートバーの包装をはぎとり、中味を自分の足元に落とした。狙い通り、サルが食べ物に飛びついてきた。テッドがすかさず頭を床に押しつけて、グローブをはめた手で固定する。メアリーが無我夢中で首に針を刺すと、サルは断末魔のような叫び声をあげた。

＊
＊
＊

二台の四駆と軍用バンによる編成隊は、昼も夜もほぼ休むことなく、高速道路を猛スピードで駆けぬけた。車は翌朝七時に、ケープタウンの海岸近くにある、クリスティアン・バーナード・メモリアル病院の救急救命室前で止まった。この病院には、国内で唯一、広さ三十平米の高圧チャンバーがあるのだ。

実験室にあった水槽は、バンの荷室に、ミルスペックの頑丈なベルトでしっかり固定されていた。ルーカスは、テッドの助けを借りて水槽を降ろす。だが、これで任務が終わったわけではない。彼は特殊な気密防護服に着替えると、水槽のあとを追いかけるようにチャンバーの中に入っていった。

今回はテナガザルが相手ではなく、フューチュラバイオ以外の人間と触れあったことのない〝タコ〟が相手だった。

その〝タコ〟を取りだすため、ルーカスは細心の注意を払って水槽を開けた。光を発する〝タコ〟は、狭い水槽の中で窮屈そうに揺れうごいていた。

十一

パリ ヴァンセンヌ動物園

〈切れ耳〉は最初、身体の下に柔らかいものが当たっているようだと思った。それから、自分が草の上に横たわっていることに気づいた。起き上がると、〈垂らし髪〉が両手一杯の果物を差しだしてくる。彼はもう群れの一員になっていたのだ。

そのあとはただ、昼と夜が繰り返されていった。エレクトスは、食べるのも眠るのも仲間とともに行う。ボスが最初に教えてくれたのは、石で狩りをする方法だった。檻の中に〈飛ぶもの〉が止まると、石をつかんでできるだけそばに行く。そうやって石を投げると、六回中、五回は当てることができた。

寒さと孤独に怯えていたことを、〈切れ耳〉はもう覚えていない。仲間といると、自分が強くなったように感じた。群れは、共通の敵である〈ティカク〉に立ち向かった。奴らはいつでも叫んでいるが、群れが〈飛ぶもの〉を襲った時は特にひどい。

その夜、〈ティカク〉は食べ物を持ってこなかった。代わりに、夜のように冷たい水を吐く長いヘビを引きずってきて、その水を〈垂らし髪〉に浴びせた。〈垂らし髪〉が一番高い木に逃げても、まだ水をかけてくる。ボスは水の力に押され、ついに木から落ちた。〈切れ耳〉は危険をかえりみずにそばに駆けよった。ボスが足を抱え、痛みに顔をゆがめている。〈切れ耳〉は胸が苦しくなった。群れはひとつであり、誰かひとりが傷つけば全員が苦しむ。

許せない。怖い。出ていきたい。真ん中に木が立つこの場所から逃げたい。

〈切れ耳〉は覚悟を決めた。

自分が群れを連れていくのだ。〈ティカク〉から遠く離れた彼方まで……。

七章　抗ウイルス薬

一

《予期せぬ突破口！》

十月六日、数時間前までは全世界で不可能だと思われていたことが、ノーベル生理学・医学賞受賞者であるリン・ヴィシュナーから発表された。彼女が代表を務める〈クルーガー委員会〉が、退化ウイルスを深層まで詳細に究明することに成功したという。

ＥＣＤＣ並びにＣＤＣは、爆撃を食らったような騒ぎになった。この驚きのニュースを、ＣＤＣセンター長であるアーサー・マコーミックはなかなか信じようとしなかった。そのためステファンは委員会の生データを送り、ようやく彼を納得させた。

翌日、ＷＨＯのマーガレット・クリスティーは記者発表を行った。想像を絶する混乱状態の中、彼女が言葉を発すると、あたりはしんと静まり返った。

「みなさん、わたくしどもはついに〈クルーガー・ウイルス〉封じ込めの道筋を得ました」

人々は一瞬呆然としたあと、会場には割れんばかりの歓声が響いた。巨大モニターにウイルスの画像が映しだされる。

「〈クルーガー・ウイルス〉はＤＮＡの〝お針子〟と言えるでしょう。ジャンクＤＮＡの中に散った太古の遺伝子を、破れた切れ端を縫いあわせる手法で〝復活〟させているのです。〈クルーガー委員会〉はこの特異プロセスを分離させることで、前代未聞の生物学を明らかにしました。つまり、治療薬の目途がたったということです」

ドイツ人ジャーナリストが勢い込んで尋ねた。

「すでに退化した患者を治療できるのですか？」

喜びでいっぱいのＷＨＯ事務局長の顔が引き締まり、悲しげな表情が浮かぶ。

「残念なニュースもお伝えしなければなりませんね。すべてを楽観視するわけにはまいりません。抗ウイルス薬は、マウスの血液中のウイルス量を速やかに減少させました。しかしながら、すでに退化した検体に対しては、まったく影響が見られませんでした。エレクトスの場合も同様で、生体が過剰に変質しているため、抗ウイルス薬は機能しないでしょう。彼らは不可逆的な形状に到達してしまったと考えざるを得ません」

「結論としては？」ドイツ人が続ける。

「もちろん、実際の患者にプロトコールを試行し、緊急投与する方法についても、速やかに検討してまいります。ですが、すでにわかっていることとして、この抗ウイルス薬は、病気の進行を妨げても、回復させることはありません。それでも、これほどの短期間で抗ウイルス薬の開発にこぎつけられたことは、すでに奇跡と言えるでしょう……」

二

アンナはあっけにとられ、壁面のテレビを凝視した。彼女はニューヨークのホテルのロビーにあるバーで、ステファンとともにグラスを傾けているところだった。

映像には、近々治療薬が完成するとの知らせに勢いづいた数十人が、セントラルパーク動物園の柵の前に集まる様子が映しだされている。ここにいる先史時代の動物種、とりわけエレクトスを目当てに人々が園内に吸い込まれていく。感染による危険が薄らいだことから、恐怖が興味に変わったのだ。中心街に適当な場所がないため、アメリカ軍は新たな感染者たちを一旦ここに閉じ込め、もっと設備が整った州に輸送できるのを待っている。

そういうわけで、エレクトスは、ユキヒョウとレッサーパンダに挟まれる形で、かつてのトラの檻に約四十人が詰めこまれていた。オス、メス、親から感染した思春期らしきふたりもいる。地元テレビ局は、手すりのうしろでひしめく来園客と先祖の奇妙な対面の様子を中継していた。エレクトスは機嫌が悪く、野次馬たちをまったく相手にしていない。

彼女の動揺が如実に伝わって、ステファンはアンナの肩に手を置いた。彼もこれらの映像を吐き気がするほど見たが、もはや憤慨するほどの気力もなかった。今朝、ルーカスからかかってきた電話が、とどめの一撃になったのだ。ステファンは、研究施設についての生々しい詳細を報告をしてきただけの相手に、泣いたらいいのか、怒りをぶつけたいのかもわからなかった。

マーガレットにどう思われようとも、冷血な管理者たちを説き伏せるために、移動とスピーチを増やされるのには、もううんざりだ。彼らは人道的な配慮を微塵も示さず、急進的な決断を下す。そんなことより、現場に戻って部下の指揮をとりたい。ジュネーヴに戻って、とにかくローリンの世話がしたかった。娘を助けられるのは自分しかいないのだから。

それでもステファンは、疲れをおしてアンナのために夜の時間を割き、ふたりは四時間も抗ウイルス薬について語りあった。彼としては、プロトコールの展開や、特に〈クルーガー委員会〉が目論むパンデミック以後のグランドラインが気にかかっていたので、この深夜の一杯は――もう夜中の零時を過ぎていた――束の間の休息となった。

アンナはグラスを飲みほし、怒りをぶちまけた。

「あの人たちを獣のように見世物にするなんて、こんな恐ろしいことが許されていいんですか？　そうさせない方法を見つけるべきでしょう？」

「アンナ、未知の脅威が世界の均衡を脅かそうという時に、政治家が科学者の提案をありがたがると思うかい？　それに、政府が外出禁止令を守らせようとするのは、本当のところ、人間がわずかな分別も持たない、刺激に飢えた羊だからということもあるんだよ。それが凡俗で嘘偽りのない真実だ」

「ずいぶんシニックなんですね」

『シニシズムの話がしたいか？　アメリカは来たる抗ウイルス薬の製造を〈国家プロジェクト〉にすると宣言した。金になる市場で一番を取って、経済に活を入れたいんだろう。感染と死の恐怖を完全には免れていないのに、ビジネスの再開というわけだ……」

「信じられません、ひとりひとりがもっと当事者意識を持つべきでしょう」

「そんなことをしても何も変わらないさ。いつでもあとを継ぐ者は控えているんだ……。アンナ、フランス行きの便にきみの座席を見つけられそうだ。ＥＣＤＣの連中に交じって帰ることになるがね」

「本当に？　いつの便ですか？」

「明日の夜便だよ。チャーター機がジュネーヴ、パリ、ロンドン、最後にストックホルムに止まる」

「ありがとうステファン。お言葉に甘えます。今はヤンのそばにいてあげたくて」

「絶対に諦めないんだね？　回復の見込みがないことは知っているだろう……」

答えの代わりに、アンナは彼に今後の予定を尋ねた。

「あなたも帰国されるんですか？」

「そうしたいが」苦悩が透けて見える声でステファンがため息まじりに言う。「もうずっと娘に会っていない。ここには二、三日のつもりで来たんだがな。まだ、仕事が山のように残っているんだ……。国連はこれから、特にエレクトスの最終的な処遇について討論する。収容所に閉じ込めるのは一時的な措置でしかない」

「総会も同じ意見ですか？」

「ああ」

アンナはほっとするあまり、ステファンの陰鬱な調子を見逃した。

「素晴らしいわ！　代表者たちが正気に戻ったんですね。彼らは具体的にどうするつもりなんですか？」

「専用の監獄をつくる」

「監獄って、冗談でしょう？　収容所とどう違うんですか？」

「大きな違いはないな、恐ろしいことに。残念だが、パンデミックを阻止できる段階になっても、感染者に向けられる視線にまったく変化はない。《エレクトスは人間ではない》とした採択が見直されることはないんだ。申し訳ない、アンナ」

「そんな、このままにはしておけません！　わたしたちは共存する道筋を探さなければならないんです。彼らにも、わたしたちが敵ではないと教えなくてはなりません。そんなに難しいことですか？」

　ステファンがアンナを優しく見つめた。

「本当にそこまで楽観的なのかい？」

「楽観的って……。エレクトスは、わたしたちの親であり兄弟です。あらゆる問題、あらゆる困難を乗り越えて、ルーツを分かちあっているんです。公衆衛生上のどんな措置を取られようとも、この現実は変わりません。新しい種族や宇宙人の話をしているんじゃないんです。あの人たちは人間で、あなたやわたしと違いはなかった。数日前、数週間前、数カ月前まではは！　何の罪も犯していません。ウイルスに感染して退化しただけでしょう？　わたしたちは同じ時代を生きていたんですよ、二百万年前は！」

「二百万年前だぞ、アンナ。あまりにも現実とかけ離れている」

「でも、わたしたちなら、彼らを助けられるじゃないですか。二百万年前と違うのはそこなんです。彼らは進化の過程において、もうひとりじゃないんですよ！」

「まだわからないのか？　エレクトスを飼いならすことはできない。それは無理だ」

「飼いならす？　待って、これは夢？　なぜあなたがこんなことを言えるの？」

「なぜなら、それが適切な言葉だからだ。彼らは家畜ではない。きみの意見とは異なり、彼らは独自の進化の過程をたどっている。私も感染症が始まった時から、彼らが尊厳をもって扱われるべきだと訴えてきたつもりだ。だとしても、幻想を抱くつもりはない。彼らは野生の生き物であり、共食いする者もいるんだ！　子供をしつけるように彼らを教育しようと言われて、そう簡単に決められるわけがないだろう？」

心臓に重しを乗せているような気になりながら、彼は歯を食いしばって結論づけた。

「エレクトスは人間の起源を反映しているかもしれないが、我々とは何の関係もないんだよ」

「まさか、諦めムードに屈したわけじゃないでしょう？　あなたは違いますよね？」

アンナの視線を避けたまま一気にビールを飲みほすと、ステファンは支払いの準備をして立ち上がった。

「すまないが、もう話している時間はない。パリまで気をつけて帰りなさい。チケットは別の者に届けさせる」

八章　反逆

一

パリ ヴァンセンヌ動物園

ボスが襲われて、〈ティカク〉に対する明確な恐怖と怒りを覚えるようになってから、〈切れ耳〉はひたすら〈ティカク〉の動きを観察し、彼らの行動パターンやルールを理解しようとした。

奴らは硬い棒でできた囲いの中に自分たちを押し込めたまま、いつまでたっても出してくれない。囲いの中で喧嘩が始まると〈ティカク〉の人数が増える。叫んだり〈雷棒〉を振りまわしたりはするが、めったに中まで入ってこない。食べ物が与えられる時は、囲いの向こうにいつも同じ〈ティカク〉が立ち、じっと自分たちを見ている。なぜだろう？この〈ティカク〉もメスの〈澄んだ声〉のように、〈切れ耳〉にとっては気にかかる相手だった。〈澄んだ声〉は前に来たことがあり、匂いが気に入っている。〈澄んだ声〉は近くにいっても怖がらないので、会えなくなったのは少しだけ悲しかった。

〈切れ耳〉は〈垂らし髪〉の寝床に行った。怪我をしていてもボスは群れを統率し、仲間も言うことを聞き、彼の決定に従う。そのボスが襲われた時の恐怖は、いつまでたってもおさまらなかった。だから〈切れ耳〉は、ボスの前で大きな身振りとうなり声で、自分の計画を説明した。ところが、誰もその意味を理解しない。いっぽうで、頭の中にある計画は単純で明快だった。奴らにやられたように〈ティカク〉を囲いに入れて閉じ込めるだけだ。〈切れ耳〉は、まず〈雷棒〉を説明したが、うつろな目とばかにした表情しか返ってこない。どうやっても理解されず、諦めるしかなかった。

彼は、〈雷棒〉の雷鳴を浴びて〈大いなる眠り〉を招くことになろうとも、ひとりでやると決意した。そのためには準備をしなければならない。太陽はすでに空の高い位置にいた。

餌の時間になり、給仕を担当するいつものふたり組の兵士がやってきた。彼らは普段、檻の中に入らずにすむように、ひとりがショベルローダーを動かし、もうひとりが餌を投げる。用意されているのは、基本的に果物と、わざわざ残しておいた軍の食堂の残飯だ。この物資不足の折、エレクトメに金をかける必要はないのだろう。餌の時間は毎日が同じ騒ぎの繰り返しで、シャベルローダーが近づくと、待ちきれずに群れをなして集まってくる。

「奴らが腹を減らしているのは、わめき声を聞けばわかる。まるで歩く胃袋だな！」やかましく動く車両の上から、ボンナルジャン上等兵が嘲笑った。

彼はそのまま餌を見せびらかしていたが、何も起こらないとわかると、ショベルをひっくり返し、中身をぶちまけた。

餌に群がるエレクトスを見て、もうひとりのロルヌ兵士は震えが止まらなかった。いつもならローダーの操作は彼の役目だが、ちょっと楽しみたいというボンナルジャン上等兵と担当を代わったのだ。

作業が終わり、上等兵がショベルローダーから降りようとする。と、その時、飛んできた何かが彼の頭に当たった。

「くそっ、こいつらの中の誰かが俺に向かって石を投げやがった！」

「どいつですか、上等兵？」

「ふんづかまえてやる――」

そう言った瞬間、ふたつ目の石がひざに当たり、上等兵は激昂して金切り声をあげる。

「あの坊主頭ですよ。あいつです、上等兵！」

ロルヌは犯人のエレクトスを指差しながらさかんに武器をふりまわした。ボンナルジャンは怒りで分別を失っている。

「ちくしょう、どこだ？」

「あいつですよ！」

坊主頭の犯人がオスの集団に隠れようとするところを、上等兵も目視で確認した。あれは例の〈エレクトス・ルベル〉……。

「あの野郎、思い知らせてやる！」

痛みでひざがしびれていたにもかかわらず、彼は素早く地面に降りて銃を手に取った。いつも隊長に言われていることが一瞬脳裏をかすめる。

「必要以外は撃つな、撃つなら足を狙え」

（ふざけるな！　騒ぎが起これば隊長は容赦なく撃って、いつも許されているじゃないか。それなら俺だって、あの糞ったれを標的にしてやる）

狙いを定めようと銃を構えたが、すでに遅かった。相手はもう仲間の中に隠れてしまって姿が見えない。それでも上等兵は喜んで待つつもりだった。〈エレクトス・ルベル〉には、そのくらいしてやっても惜しくない。それに、問題が起こっても正当防衛が認められ、罰せられることはないだろう。

ボンナルジャンは、自分を勇敢だと思い込んでいて、コケにされるのは大嫌いだった。

兵士としての自覚が足りず、挑発を許すことができないのだ。だから彼はこう考えた。

（さっきは石だったが、次はどう出てくる？　体当たりしてくるかもしれないぜ？　それなら俺だって動くべきだろ、隊長？）

「おい、新兵、奴を見張っていろ」

「何をするんですか、上等兵？」

「こいつらに、今まで味わったことのない大雨を降らせようぜ」

そう言うと、彼は散水用の金属管をつかみ、ホースを引きだした。規則にのっとっているとは言えないものの、エレクトスを死の危険にさらしたと糾弾することもできないだろう。それで肺炎にかかった奴がいても、知ったことではない！

上等兵はロルヌのそばに戻り、鍵束を出してそっけなく命じた。

「援護しろ」

「ですが……さすがに中には入りませんよね？」

「なぜ入ってはいけない？　怖いのか？　俺たちには何も起こらない。命令は知っているだろ。正当防衛なら奴らを殺していいんだ」

「もし、奴が噛んできたら、それで……」

「それでおまえが人を食うようになったら、か？　安心しろ、特効薬は見つかったとさ！」

ふたりは慎重に檻の中に入った。大半のエレクトスが脅威を感じてうしろに下がり、背を丸めて頭を垂れているのに、石を投げたエレクトスは仲間の前で仁王立ちしている。

その〈エレクトス・ルベル〉が、先端がY字になった巨大な棒をいきなり振りまわし、上等兵が両手でつかんでいた消火ホースのノズルをふっとばした。続いて彼は、丸腰になった上等兵を地面になぎはらった。

ボンナルジャンはひっくり返ったまま、声帯がつぶれるほどわめいている。

「ちくしょう、ロルヌ、おい、あの糞ったれを殺せ！」

だが、ロルヌは身動きすることもできなかった。ホースはいつの間にか群れのボスの手に渡っていた。ロルヌは勢いよく噴出する水で三メートル以上も吹きとばされて、そのまま昏倒してしまう。しかも吹きとばされた拍子に持っていた銃が暴発し、エレクトスは大混乱になった。

危険を感じたボンナルジャンは、感染症が始まってから肌身離さず持っていた拳銃を抜き、ようやく立ち上がった。〈エレクトス・ルベル〉は動かない。どうするか決めかねているように、暗い目で上等兵を見つめている。逃げるべきか、攻撃すべきか？　ふたりの距離は二メートルしか離れていない。ボンナルジャンは、ゆっくりと心臓のど真ん中に狙いを定めた。

（これなら外すわけがないさ……）

上等兵がせせら笑う。

「なあ、どっちが賢い？　エレクトスか？　サピエンスか？　俺がおまえを――」

その時だった。何かが彼の背後から襲いかかり、武器を持つ腕に嚙みついた。衝撃で指が開き、見る間に袖が血で染まっていく。ボンナルジャンは気が動転して、ありったけの声で叫びつづけた。

エレクトスたちは、目の前で起こっていることをすべて理解しているように、大きく開いたままの出入り口に走った。それでも、戸口を越えてしまう前に、足を引きずりながらやってきたボスのほうを全員で振り返った。ボスの隣には〈切れ耳〉が付きそっている。ふたりは戸口に立つと〈ティカク〉の悲鳴を無視してあたりの臭いを嗅ぎ、目で相談しあった。〈垂らし髪〉は〈切れ耳〉が頼りになることを知っている。この若いオスとは今まで互いに助けあってきた。ふたりは群れを従えて、西に向かって飛びだした。

彼らは自分たちだけが助かろうとは思わなかった。逃げる途中でほかの檻にいたエレクトスたちを次々と解放し、あっという間により大きな群れと化す。その数は今や数百に膨れ上がっていた。

もちろん、騒ぎは気づかれたが、彼らは知らぬ間に思わぬ幸運に助けられていた。動物園周辺の警備に当たっていた連隊の大半が、特別部隊の増援に呼ばれていたのだ。

そのため一般用の入場ゲート前には、検問の兵士が六人しかおらず、脱走に気づいたのはそのうちのひとりだけだった。しかも、その兵士は拳銃しか携帯しておらず、制止することができなかったのだ。

やがて、エレクトスの反乱にようやく気づいた残りの兵士たちが、恐怖に駆られて一斉に引き金を引く。最初の銃撃でエレクトス十数人が倒れ、〈三本指〉も疾走中に被弾した。

この混乱が兵士のパニック状態に拍車をかけ、やみくもな乱射が始まった。エレクトスが応戦するように、杭をつかみ、行く手に現れた兵士めがけて投げつける。突き刺さった杭で兵士が絶命する間に、エレクトスはゲートを突破して街路に散った。街に出た彼らは、走って、飛んで、障害物――ゴミ箱、ベンチ、通行人、ベビーカー、車――の間をすり抜ける。だが急ブレーキが間にあわなかったタクシーと激突し、何人かのエレクトスが命を落とした。

すでにエレクトスの大半は、〈ティカク〉が噛まれることを恐れていると気づいており、威嚇するように人々に向かって歯を剝いて見せた。彼らは本能が命じるまま動いた。

《逃げろ。さもなくば攻撃しろ。呪われた囲いから離れ、前に進め！》

〈切れ耳〉は〈垂らし髪〉のすぐうしろを走った。あとに続く群れとボスを同時に守れるように、ペースメーカーとなって速度を落とす。群れにはボスが必要だが、仲間も同じくらい大切だからだ。〈雷棒〉の火を浴びたあと、走っている仲間はもう百人ほどしかいなくなっている。ほかの者はすべて倒れ、〈大いなる眠り〉に落ちるか、大怪我を負ってついてこられない。生き残った者たちに、また本能が命じた。

《走れ。そして、光輝き、土香る大地を目指せ！》

押しよせるエレクトスを見て、市街地の人間はパニックに陥った。わずかにいた歩行者は、頭を抱えてうずくまり、彼らに気づかれないことを神に祈った、車中にいた者は、毛深い悪魔よりは、壁やほかの車にぶつかるほうがましだとばかりにハンドルを切る。車線を逸脱したバスが、パトロール中のパトカーにぶつかり、そのはずみでショーウインドーに激突する。跳ねとばされたパトカーは、大通りのど真ん中で横転した状態で止まった。ひしゃげた車内からやっとのことで抜けだした警官が、向かってくる三人のエレクトスを銃で狙う。遠距離からエレクトスふたりを狙い撃つ。ところが、近距離で仕留めたはずの三人目が、ひるむことなく飛びかかってくる。獣から吹き上がる血を口と鼻腔に浴びた警官は、あまりのショックで〈クルーガー・ウイルス〉が体内に入ったことを理解できなかった。

パニックは数百メートル先の幹線道路にまで到達し、大規模な多重事故が発生。そこかしこで玉突き事故が起こり、あたりは事故車両とエレクトスで埋め尽くされていく。

〈垂らし髪〉はこの混乱ではぐれてしまった仲間たちを捜すために、近くの事故車両によじ登った。そこへ、ハンドルを切りそこねたベンツが、クラクションを鳴らしながら突っ込んでいく。衝突の衝撃で吹っ飛ばされた〈垂らし髪〉の身体はベンツのボンネットに叩きつけられ、すべり落ちた拍子にベンツと前方車両との間に挟まれてしまう。彼は必死になってもがいたが、足が挟まれて抜けだすことができない。〈垂らし髪〉は甲高い叫び声をあげた。


その声を聞きつけた〈切れ耳〉は、ようやく見つけた〈垂らし髪〉のもとに大喜びで駆けよった。ところが、ボスは〈大きな生き物〉に囲まれたまま、その場所から動こうとしない。〈切れ耳〉は心配になって〈垂らし髪〉をじっと見つめる。

「テク、テク……」

挟まってしまっている自分の足を指して、〈垂らし髪〉は何度も繰り返した。

〈ボスを支える〈テク〉が動かせない。〈大きな生き物〉をどかさなければならない〉

そう解釈した〈切れ耳〉は、鋭い声で応援を呼んだ。ところが誰も来てくれない。

フロントガラスの向こうでは、ベンツの運転手の顔が恐怖にゆがんでいた。二頭の獣が一メートルもない距離で動いているのだ。毛のない獣が、バンパーに手をつき、身体を突っ張った時には、運転手は胃がよじれ吐きそうになった。

〈切れ耳〉は煌々と光る〈大きな生き物〉の顔をつかまえた。冷たくてまったく動かない。

〈こいつはもう〈大いなる眠り〉についている……〉

それがわかったので、あとは何も考えず力を込めた。〈大きな生き物〉が少し持ち上がると〈垂らし髪〉が解放された。〈切れ耳〉はほっとして手を離し、ボスをつかむ。自由を取り戻したふたりは有頂天になり、途方もないエネルギーを得てその場を立ち去った。

〈大いなる目覚め〉以来、これほど〝生〟を感じたことはなかった。

やがて、群れの仲間たちがまたひとつになった。彼らは〝案内人〟となる〈垂らし髪〉がいることに安心し、彼に行く先をゆだねた。〈垂らし髪〉は〈テク〉の怪我をものともせず、彼らの前で飛びまわった。

突然、空に、これまで聞いたことがあるどの音よりくぐもった、雷のような轟音が響き、〈やかましく飛ぶもの〉が現れた。それは呆れるほど巨大で、〈ティカク〉が乗る〈大きな生き物〉と同じくらいつやつやしていた。その〈やかましく飛ぶもの〉の腹から、〈雷棒〉の火が飛んでくる。中に〈ティカク〉がいるのだ！　それに気づいた時には、三人の仲間が飛んできた火に貫かれ、倒れふしていた。

残ったエレクトスたちは驚いたままぐるぐると回り、つかまるかもしれないと怯えている。その時ボスが、坂道の先にあるぽっかり開いた洞窟の入り口を指差した。〈切れ耳〉が様子をうかがうと、言い知れぬ〝恐怖〟を感じさせる臭いが漂っている。

（あそこは〈ティカク〉の場所だ。近づいてはならない。何か危険な臭いがする……）

〈切れ耳〉はうなり声をあげると、今度は自分が選んだ細い道を指差した。そちらは灰色の石でできた妙になめらかな絶壁の間にあり、遠くのほうで、木の葉が風に揺れているのが見える。あそこに行かなければならない。土と水がある、あの場所へ！

「ナ」彼は〈垂らし髪〉に向かって言った。

それから胸を叩き、遠くの緑のかたまりを指差した。

「ヤ、ヤ」ボスも喜んで同意し、賛成の意を表して頭を下げる。

この時を境に、群れの主導権は〈切れ耳〉に移った。新しいリーダーが誕生したのだ。

二　ニューヨーク

ステファンは、ニューヨークで拠点としているレンタルオフィスで、テレビ画面に釘づけになっていた。ニュースチャンネルが、刻々と変化するパリの状況を映しだしている。平時であれば、アメリカのメディアはヨーロッパのニュースにほとんど関心を示さない。だが、エレクトスの反乱とあっては、国内情勢に特化したニュースチャンネルであっても、予定されていた番組を中断し、パリからの中継に切りかえている。

現地は戒厳令が敷かれ、大通りは血なまぐさい対決の舞台になっていた。パトロール中の兵士には、各自の判断に基づく発砲が許可されたため、彼らは〝敵〟を見つけ次第、容赦なく引き金を引いた。ヴァンセンヌ周辺に限らず、あちこちで銃声が鳴り響く。広場や遊歩道で、ブローニュの森で、ビュット＝ショーモン公園で、モンマルトルの丘で……。

加えて言えば、郊外の緑地では民兵が大暴れしていた。

ヘリコプターからの映像も続々と流れてくる。十人のエレクトスの集団が、特殊部隊に包囲された状態で、家々の中庭を走りぬけていく。だが、オリンピック選手よりも巧みに生垣や塀を飛び越えたところで、進行方向からパトロール隊が現れる。行く手を塞がれた集団は、我先に逃げまどう。そのうちのひとりが本能の赴くまま、建物を囲んでいる木々に飛びのった。考えなしにそれを真似る者が続く。見るからに年老いたオスは枝をつかみそこね、腕一本でぶら下がったまま、もう片方の手でつかめるものを探すうちに、力尽きて落下していった。銃声とともに別の四人も木の枝から落ちていく。生き残った五人が傾斜の緩やかなトタン屋根をよじ登る。しかし、その先にもう逃げ道はない。取り乱し、うろたえながらも、彼らは突然その先を理解した。

「頼む、見逃してやってくれ」画面の前でステファンがつぶやく。

建物の上空にヘリコプターが来ていた。機体から火花が散るが、目標物に当たらない。屋上に到達したエレクトスたちが、排気ダクトが集まる低い石垣のうしろに隠れると、ヘリコプターが距離を詰めていく。彼らにはきっと化け物のように見えているのだろう。

その時、ふたりのオスが石垣を離れ、ヘリコプターに飛びかかった。機体までの距離およそ二メートルを飛翔する間に、ひとりは弾丸を全身に受け、そのまま屋上に落ちた。だが、もうひとりはヘリコプターのスキッドにしがみつくことに成功。そこからワンアクションでコックピットによじ登り、狙撃手を座席から引きはがす。狙撃手は抵抗もできないまま虚空に落ちていった。今度はパイロットが操縦席から引きはがされ、後部座席につれていかれる。直後、ヘリコプターはきりもみ状態で落下して、隣のビルに激突。巨大な火の玉が上がった。

あってはならないことが、無数の視聴者の目の前で起こってしまった。

「何てことだ……」

やっとのことで口に出せたのは、そのひと言だけだった。

三

ロワシー＝シャルル・ド・ゴール空港に飛行機が着陸し、アンナがまだ機内で待機していたところに、ステファンから電話がかかってきた。機長の許可が下りる前にもかかわらず、彼女は窓に張りついて電話を取った。ひどく取り乱した声が聞こえてくる。

「アンナ……ヴァンセンヌ動物園のエレクトスが脱走した。軍が銃撃している」

「ヤンは？」

アンナは動転しながらもそれだけ訊き、最悪の事態は想像しないようにした。

「わからない。パリは混乱していて、アントネッティとも連絡がつかないんだ」

ステファンはかいつまんで状況を説明したが、アンナの耳にはほとんど届いていなかった。軍に追われてパリの街に消えていくヤンの姿しか頭に浮かんでこない。しかし、詳細がわかるにつれて、心が恐怖に浸食された。こんな人でなしの街に放たれ、野獣のように追い詰められて、ヤンは死ぬほど怯えているかもしれない。どこかに隠れる場所は見つかっただろうか？

アンナは頭をフル回転させて考えた。何をしたらいい？　どうやったら助けられる？

今起こっているこの狂乱をどうやったら止められる？

　突然、〝あの日〟のことが心に浮かび、ステファンの話をさえぎった。

「彼がどこにいるかわかりました！」

「なんだって？」

「どこに行ったのかわかります。わたしが彼を見つけます」

「アンナ、頼むから落ち着いてくれ。非常につらいことだと思うが、自分のことを考えるべきだ。自分を守って――」

「わたしが彼を見つけます。絶対に殺させません！」

　ステファンの説得は続いていたが、アンナは電話を切ってジャケットをはおった。そして、飛行機の扉が開くと同時にシャトルバスの停留所に走り、直行便でパリに戻った。これ以上ヤンを失うわけにはいかない。もう一分たりとも無駄にはできなかった。

四

ステファンはずっと眠れぬ夜が続いていた。娘のことが心配だが、パリのことも頭から離れない。そのいっぽうで、抗ウイルス薬ができることにはいやがおうにも興奮してしまう。もう、考えることすら苦しくなっていた。それでも、ひとつだけはっきりとしていることがある。エレクトスを隔離しても問題は解決しない。パリで起こった彼らの反逆が、それを証明してしまった。しかも、このニュースがエレクトス同士のネットワークで拡散したかのように、世界中の収容施設で同じような暴動が起こっている。彼らが動物園で獣扱いされることを受け入れたという判断は、完全に間違っていた。軍は各地で好戦的なボスと衝突し、この件による新たな死者の数は二十人以上に達した。

国連の大会議場では、ロシア大使がマイクに囲まれていた。アクロフは、持論を何度も展開する機会を得られたことにご満悦で、報道陣がハチミツポットに群がる蜂のように彼の周囲でひしめいている。ステファンは疲れ果てていても、耳をそばだてずにはいられなかった。

「この種の暴動に対する私の意見を聞きたいんだな？　簡単だ。私の両親は農夫だったが、動物がウイルスに感染した時は、全頭屠殺して感染症を食い止めたよ」

「それは、退化種すべてを撲滅すべきだということですか？」若手ジャーナリストが、駆けだし特有の世間ずれしていない様子で尋ねる。

「まずはエレクトスからだ。奴らは深刻な問題を起こしているからな。だがほかの動物も、〝不幸のウイルス〟を持っている以上は免れんだろうね。いいか、エレクトスは過去の生き物でしかない。今や奴らは世界にとって脅威だ。我々はこれからどうする？　奴らに襲われても、くだらない動物愛護の理屈をこねくりまわすのか？」

「あなたが国連の強硬路線を代表しているんですよね、大使？」

「エレクトスの隔離は総会で決まったことだ。つまり、奴らは動物だと宣言されたんだよ。あいまいな倫理を認めたがゆえに、人類が抹殺されることは断じて許されん。それについては疑いの余地はない。二十三人も殺されたんだ、ぐずぐず言っていられんだろ！　非常に残念だが、奴らは安楽死させるべき病気の動物ということだ」

件の若手ジャーナリストは、マイクを持ってカメラに直接話しかけた。

「今しがたアクロフ氏が言及したように、反逆と暴力が横行するパリに世界中が注目しています。誰もが、ヴァンセンヌ動物園の事件が雪だるま式に拡大していくことを非常に恐れているのです。エレクトスの運命は、まさに今、このフランスの路上で決定されようとしています」

五

各国の保健衛生の代表者がニューヨークに集結した国連の緊急会議を終えたばかりのネット・ラッシュは、大統領にどのように報告すべきか頭を抱えていた。あの一連の出来事を、いったいどんな言葉で表現するのが正しいのだろうか？　実を言うと、結論をまとめ、大統領に提出する報告書――来たるサミットの準備に必要だった――を準備するより、エレクトスの境遇を忘れ、年代物のウイスキーの瓶を抱えて部屋でひとり飲んでいたかった。この二日間を、ほぼノンストップで彼らの問題に捧げたのだ。飲めば忘れられるかもしれないじゃないか？　ヒューマニズムとは何かを問うたギリシャ健康相の言葉を。そこに追い打ちをかけた、デンマークの大臣の言葉も。

この時、著名な同僚の大半は、熾烈な舌戦を繰り広げていた。エレクトスにどの程度の野性性を認めるのか、収容施設のサイズは、適用可能な防護措置は――致死性兵器でいくのか、鋲つきの首輪か、スタンガンか、拘束着にするのか……。そこに投下されたあのふたりの発言は、人間であれば誰もが要求できる基本的人権をはっきりと思い出させ、それまでただの口論だったものを、重苦しい論争に変えた。最後に発せられた訴えは、まだ頭の中で響いている。

「我々は、退化ウイルスに感染した人々を――それが男であっても、女であっても、子供であっても。そして、彼らがどんな問題を生じさせようとも――獣におとしめることはできない。我々の相手は、変わる前はあなたや私のようだった人々で、今は意識と感情と知性を持ちはじめたばかりの人間だ。これから先、彼らが記憶や能力を取り戻すことはないかもしれない。だが、彼らは犯罪者ではない。退化した彼らが起こした行動に、責任を問うべきではないだろう？　彼らはただの被害者だ。かつてないほど人間性を脅かしている、もっとも悲惨な災禍の犠牲者なんだ。ならば、心に留めておかなくてはなるまい。感染を免れた者は、男であっても、女であっても、人間性を忘れてはならない、と。なぜなら我々だけが、決定されたものに対し、唯一責任を負うべき存在になるからだ。彼らに責任を問うてはならない。ホモ・サピエンスの正確な意味が〈賢いヒト〉であるなら、我々〈賢いヒト〉が、エレクトスに対し、安全と自由と尊厳を保証する者であるべきだ！　まずは共存を模索しよう。これから先、どうしてもそれが不可能だと判明した時に、改めて解決策を考えればいいだろう？　継続的に実現可能で、人間性あるものを！」

ネッド・ラッシュは葛藤に苦しんでいた。なぜなら、エレクトスの対応策を論じる以前に対峙すべき問題があることを、あの名前も知らないふたりの政治家によって改めて気づかされたからだ。彼らの発言は、自分のように権力の行使にとらわれた人間の感情を逆なでするいまいましいものであるのと同時に、人間としての尊厳と勇気を試すものでもあった。ネッドを含め多くの者が己を恥じ、内省した。これはパンデミックが勃発して以来、初めてのことだった。

超大国の代表らにとって、この緊急会議は何と有意義な学びの場であったことか！　ロシアの代表者たちですら、いつもの皮肉を投げつけられずにいた。中国人にいたっては、人種差別は西側諸国の慢性的な課題であり、国家の主権を守るバランスの取れた解決策を探るべきだと力説した。そして、ネッド自身の発言は、形式的でまったく深みのないものだった。

明日、大統領は骨太で省察《せいさつ》を促す報告を期待している。お涙頂戴ものではない、具体的で有効なものを――。さあ、そろそろ報告書に取りかからねば……。

六　パリ

目的地であるヴァンセンヌの森の人工島は、徒歩で向かうにしては距離がありすぎる。それでもアンナは、タクシーを選択肢から外さざるを得なかった。各地が通行止めで、駅にも道路にも軍のバリケードが設置されている。屋根には射撃のエキスパートが配置され、厳戒態勢でパリ市民の安全を守っていた。

だが、諦めることはできない……。

十九時まで待って、カーゴパンツに茶色のパーカーという目立たない服装で家を出る。リュックサックには、必要最最低限のもの――シリアルバー、水、水筒、ショール、レインコート、救急セット――を詰め込んだ。それからアンナは、警察とのイタチごっこを二時間続けた末に、ヴァンセンヌの森の敷地内にある、移動遊園地用の人気《ひとけ》のない広場を抜けて、ついに湖のそばまでやってきた。そこにあるバリケードの網を越えてしまえば、ひっきりなしにびくびくしなくても、身体を起こし、スピードを上げて歩くことができた。

確信は揺るぎようがなかった。考えれば考えるほどあそこしかない。ヤンはふたりの場所に潜んでいる。人工島の外れにつくられたギリシャ神殿、そこから階段を下りたところにある、湖に面した秘密の洞窟……。あそこを見つけてくれたのはヤンではないか？　彼女は直感的にヤンとの思い出の場所へと導かれていた。

それでも、前に進むにつれて漠然とした不安が襲ってきた。あたりの風景が変わり、うっそうとしたジャングルに足を踏みいれた気がしてくる。パリ東部の木々は、棘のないモミに似ていた。細くて節の多い枝から判断して、三億万年前の地球に生えていたカラミテスに違いない。その枝にアーケオプテリクスの群れが止まり、うさん臭そうな目でこちらを見張っている。人間に敵意を抱くには、数カ月一緒にいるだけで十分らしい。目には見えないが、暗闇にまぎれて〝何か〟がうごめいているのがわかる。そんな中を歩いていると、様々な疑いが頭をもたげる。ステファンが言っていたように、エレクトスは本当に野蛮人なのだろうか？　ヤンが死んでいるなら、それが確定した時に何が変わるのだろう？

自分はヤンを人間の世界に連れもどしたくて、人間とエレクトスの違いを黙殺し、彼は言葉が使えないだけだという幻想を抱いた。だが現実は、自分が彼にとって何者でもなかった上に、こうして彼の命を危険にさらしている。

何のために？　何者でもない自分のため？

さらに許せないのは、彼らを容赦なく追い詰めて、耐えがたい恐怖を与えてしまったことだ。そして、共食いで血の味を覚えさせてしまった……。

（それならいっそのこと吸血鬼になればいいんだわ！　ああ、完全に脱線しているじゃないの、アンナ！）

だが、自分のいたらなさがわかったところで何も変わらないだろう。アンナは妊娠しているせいで身体が重く、心はガラスのようにもろくなっている気がした。無性に引き返したくなり、休憩を入れなければもちそうにない。彼女はリュックサックを下ろし、熱い紅茶が入った水筒を取りだした。その時、背の高いシダ類の掌状葉《しょうじょうよう》の間から、輝く湖面が見えた。

湖だ！　ついに湖に到着したのだ。

アンナは湖畔の南側にある橋にやってきた。ようやくたどりついた人工島は、ただの岩山と化し、生い茂った植物に埋もれてしまっている。小道は消滅し、シダ、トクサ、そして不思議な高木性植物に占領され、必死になってもがかなければ前に進むことができない。六年前にヤンが隕石の指輪をはめてくれたドーム型の神殿も、あやうく見過ごすところだった。その時、ふいに滝が落ちる音が聞こえた。懐かしさに打ちのめされ、アンナは思わず、疲れと悲しみが混じりあった大きなため息をついた。やがて、暗がりに、人工の洞窟につながる階段が現れた。

だが、下まで降りたところで、言い知れぬ恐怖に駆られた。湖を望む洞窟の開口部からは、満月の光を反射して煌めく湖面が見える。内部は大きさの異なる岩や鍾乳石で覆われ、本物と見間違えるほどよくできていた。アンナは物音が聞こえることを期待しながら、慎重に奥へ進む。だが、あたりはしんと静まり返っている。あまりに平穏で、大胆にも「ヤン」と小声で呼びかけてみた。それでも、返事は返ってこない……。ステファンの意見が正しかったのだ。ここには誰もいない。何故ここに隠れていると確信できたのだろう？　自分は間違えた。それだけのことだ。

ふと、無意識に頭を上げると、すぐ真上に、粒状の岩肌に貼りついている背中が見えた――エレクトスだ。数人のエレクトスが丸天井にしがみついている。くすんだ肌が、偽物の石灰石の濃いベージュと溶けあっていて、気づけなかったのだ。

そのうちのひとりがアンナのほうを見た。そのエレクトスには、ぼさぼさの髭と一続きになっている長い襟毛があった。顔には深い皺が刻まれ、唇が憎悪でゆがんでいる。アンナはかつて感じたことのある恐怖を思い出した。南アフリカで見た、ゴンフォテリウムを狩るゾウの前で感じたあの恐怖を――。

間違いない。エレクトスは自分たちのテリトリーを守ろうとしている。

（今回の侵略者はわたしのほうだ……）

慌てて逃げようとしたが遅すぎた。飛び下りてきたエレクトスに身体をつかまれ、地面に押しつけられる。顔が近づき、酸っぱい呼気を感じた。泡立つよだれと、歯も……。

（ああ、嚙まれる！）

「ナ！」

突然、ふたりを覆う巨大な影が現れた。

「ナ！」影が同じ言葉を繰り返す。

髭のエレクトスが、悔しさと不平のこもった声で甲高く鳴き、洞窟の奥に下がった。

そして、目の前にヤンがいた。

もうひとりの影、それはヤンだった。見間違えるはずもない。

変わりはてた恋人が、今、目の前に立っている。

アンナの心は感動の波に満たされた。だが、彼の表情を見て、安堵の気持ちはすぐに消えた。これほど凶暴な顔は見たことがなかった。アンナが敵の代表であるかのように、瞳が怒りでいっぱいになっている。彼らは閉じ込められ、傷つけられ、さらには容赦なく殺されたのだ。

（これが、人間がエレクトスに対してしたことの代償なんだわ！　わたしたちがどれほどの暴力を振るったと思っているの……）

この短いやりとりの間にも、天井にいたエレクトスたちが下りてきて、ふたりを遠巻きに囲み、うさん臭そうに見ている。ヤンを含め、エレクトスは全部で七人いた。アンナは両手を離し、手のひらを上にして降参のポーズを取った。

（あなたが恐れる以上に、ここにいる生き残った人たちのほうが、あなたを恐れているのよ、アンナ！）

ヤンが触れる直前まで近づいてきて、鼻腔を動かしている。臭いを確かめているのか、あるいは、これからどうしようか決めているのだろうか？　と、正面から長いうめき声が聞こえて、ヤンが離れた。声をあげたのは女性のようだ。アンナは困惑しながらも好奇心に駆られ、彼女を見つめた。褐色の髪がもつれたまま腰まで伸びて、下顎が飛び出ていても、内側から輝くような本物の美しさが滲みでている。

（きっと彼女はヤンのことが好きなんだわ。わたしに嫉妬している）

まじまじと見つめるアンナの視線が、彼女のわき腹で止まった。あばら骨の下にある傷口が大きく開き、黒い血が滴っている。銃弾を受けたのかもしれない。髭のエレクトスが彼女のそばに駆けよったが、うなり声で拒否された。彼は落胆した様子もなく、枝を集めた場所に彼女を連れていき、横になれと身振りで示した。その時、仲間から警告のような、鳴き声ではない声が聞こえ、ふたりが動きを止め、全員がその場で固まった。

「ティカク」

ひとりが動き、腕を洞窟の外に向けた。

アンナは階段のほうに走り、耳をそばだてた。遠くから船のエンジン音が聞こえる。軍が湖にいるのだ！　パトロールだろうか？　彼女はひどく怯えるいっぽうで、喜んでいた。

（鳴き声以外でコミュニケーションが成立している……、エレクトスが、言葉を生みだしたのね？）

群れが慌ただしく動きだした。危険が近づいているのを察知して、素早く岩肌に戻る。ところがヤンだけ動かない。ヤンはアンナに手をのばし、そっと触れて、動きを真似ろとばかりに丸天井を指差した。

「わたしに上まで飛べってこと？　無理よ、あなたたちのような力はないの」

無理だと思ったのは、登ることではない。アンナはヤンとともにフォンテンヌブローの森でよくロッククライミングをしていたので、登るだけなら問題はなかった。だが、靴もなく、最小限のホールドしかない場所に長時間つかまっていることはできない。それに、最近目立って迫りだしてきたこのお腹には、ふたりの愛の証が息づいている。この子のためにも無理はできない。

　ヤンはためらっていることを理解したのか、アンナを岩肌のほうへ連れていき、背中に乗れと仕草で示した。正気の沙汰とは思えなかったが、アンナは指示に従うことにした。

　洞窟の外からは誰かが声をかけあっている気配がする。

　ヤンが一番小さなでっぱりをつかみ、岩肌を登りはじめた。身体が動きを記憶しているのだろう。しかも、もともと持っていたテクニックが力強い筋肉によって大幅に増強されていた。もしかしたら、大会で優勝したことも覚えているだろうか？

　手足すべてを使って上へ上へと登り、半分ほど来たところで停止して岩を確認し、また飛びだして、ヤンがついに天井に到達した。地面から三メートル以上の高さがあるのに、この取るに足りないホールドに、どのくらいの時間つかまっていることになるのだろう？

　とらわれかけているパニックを鎮めるため、アンナは深呼吸をした。

（子供のことを考えてはだめ。わたしたちの赤ちゃん……）

　ヤンの背中につかまっているのは大変な労力を要した。アンナは染みついたムスクの臭いを嗅ぎじっと耐えた。エンジン音がやみ、こめかみで脈打つ血流の音以外、もう何も聞こえない。吐き気がこみ上げ、歯を食いしばりこらえる。そばではあの怪我をした女性がバランスを保って丸まり、まったく衰弱した様子を見せない。だが、相当苦しいはずだ。

（このままでは落ちてしまう。あなたたちを守るって、ヤンに言わなきゃならないのに。わたしが手を離してしまったら……）

突然めまいに襲われて、腕から力が抜けていく。ヤンの背から手が離れた瞬間に、彼女は意識を失った。

＊　＊　＊

上空を飛ぶヘリコプターの音で、アンナは悪夢から解放された。

目覚めると、落ち葉の上で横たわっていた。こめかみがひどく痛む。そして、誰かが口に何かを押し込もうとしている。これは果物だろうか？　痛みをこらえてどうにか目を開けると、心配そうなヤンの顔が見えた。熟れすぎてかび臭くなったりんごを食べさせようとしているのだ。アンナはひと口かじり、どうにか飲み込んだ。

「ありがとう」

ヤンは顔をかしげると、立ち上がり、髭のエレクトスのそばに行った。

（わたし、落ちたの？　いいえ、彼がわたしをつかまえてくれたんだわ。そうじゃなきゃ、骨が折れていたはずよ）

ふたりのエレクトスが湖に面した洞窟の開口部から外を見つめ、上空を飛ぶヘリコプターの動きに心を奪われている。

「ティカク」髭のエレクトスが言った。

この言葉には、明らかに彼らを震え上がらせる力があった。ほかのエレクトスたちがうめいて、完全に動揺している。

〈絶対にわたしたちのことね……ティカクは現代の人間かしら？〉

何かがひっかかる。

〈ティカク……〉

確か、言語に関する古生物学の法則があったはずだ。

現在の言語は、かつてその地で使われていた言語に通じ、それは〈祖語《そご》〉まで遡ることができる――彼女は突然そのことを思い出した。ある言語学者によれば、〈ティク〉は人間が発明した最初の言葉のひとつだという。これは〈指〉を意味していたらしい。エレクトスが改めてこの音を使っているのであれば、しかも彼らを追い詰める人間を差しているのなら、それはやはり、エレクトスに我々の遺伝的ルーツがあると言えるのではないか。遺伝的起源となる言語だ……。これまでどれほどの言語学者が頭を悩ませていたことだろう。それがこの洞窟で、突如、完全に理にかなったものになったのだ……。

ヘリコプターが遠ざかり、エレクトスも落ち着きを取り戻した。髭のエレクトスが近づいてきて、缶詰を差しだし小さくうなっている。おそらく、開けてくれと言っているのだ。アンナは、缶詰と袋入りのドライフルーツとパンが大量にあるのに気づき、説明を試みた。

「レストランに食料を探しにいったのね？　これには缶切りが必要なの。道具がないとわたしには開けられないわ。わかる？」

髭のエレクトスが眉をひそめて見ているので、アンナは続けた。

「ナ！　できない！」

拒否されたことに腹を立て、髭のエレクトスが鼻腔を膨らませた。危険を察知したヤンがふたりの間に入り、上半身で壁をつくる。ヤンは「ナ」を繰り返したあと、怪我をした女性を指差した。その先で、彼女が小さくうめいている。髭のエレクトスは指示に従い、そばに行ってひざまずいた。

三十分後、彼女のうめき声が消えた。アンナはおそるおそる身体を調べ、彼女が永遠の眠りについたことを確認した。髭のエレクトスは彼女がただ眠ったと思っているようで、傷を舐めてそっとゆすっている。ところがまったく反応がない。何かがおかしいことに気づいたのか、彼が石をつかんで彼女の身体にぶつけた。アンナは思わずうしろに下がった。生き返らせようとしているのだろうか？　髭のエレクトスがそばを離れ、何かを探してあちこち行ったり来たりしている。しばらくして、ガラスの破片を見つけると、満足げに死体のそばに戻った。

アンナはとっさに理解を拒んだ。そうしている間にも、髭のエレクトスの手は忙しく動き、ついに肉のかたまりが切りだされた。エレクトスが集まってきて、死体を半円で取りかこんだ。彼らの手が忙しく動きはじめる。アンナは恐怖の光景を見たくなくてうしろを向いたが、どうやっても音を聞かずにすませる手段がない。両手を耳に押しつけるだけでは、咀嚼《そしゃく》音も満足げな声も、防ぐことはできなかった。あれを何か別の音だと思い込むことは絶対にできない。しかたなく目の前の湖を見つめ、楽しいことを考えようとするが、どうしてもあの光景を思いうかべてしまう。アンナは両目を閉じた。

（カニバリズム……）

先史時代の遺跡から、アンナは多くの人骨を発掘した。道具で肉をこそげ取られていたもの、砕かれていたもの、焦げていたもの。これらは明らかに食人の証であった。エレクトスにこうした習慣があったとしても、まったく驚くことはない。彼らは不幸に見舞われた仲間を食べた。腹が減っていたから。これほど立派なエネルギー源を食べないことはあり得ないから。あるいは――おそらく――そうすることで、仲間の力を取り込むことができると信じていたのだろう。

何かが動く気配を感じ、アンナは無理やり目を開けた。ヤンが目の前に立ち、手を差しだして優しくうなった。指の間に肉のかたまりが見える。反応できないでいると、ヤンがそれを口に近づけてきた。近づきすぎて血液特有の金属臭がした。

「ナ」激しく頭を振って彼女は言った。

ヤンがまた勧めてきて、アンナは拒絶した。

「ナ！」

彼は見るからに心配してくれている。エレクトスを害する意図がないことを理解し――おそらく彼を訪ねていったことを覚えていてくれたのだろう――、アンナが群れに受け入れられた証拠に、これを持ってきてくれたのだ。だが、ウイルス感染のリスクがなかったとしても、彼女の死肉を食べるなんてあり得ない！

ヤンは恨みがましい顔をしてから、仲間のところへ戻っていく。アンナは考えを改め、今度はしっかりと彼らを見つめた。現実を直視しなくてどうするというのだ？　自分は科学者であり、古生物学者なのだから、彼らを本当に助けたいなら、彼らの目線から行動を理解しなければならない。現に、彼らは肉を貪りつつも変わらず警戒態勢でいる。〈ティカク〉の十秒ごとに動きを止め、影を見つめ、木を渡る風のざわめきに耳を傾けている。

存在に怯えているではないか。

（まるで追い詰められた動物のようね……。でも、ほんの少し前はわたしと同じ人間だったんだわ。みんな、どんな暮らしをしていたのかしら……）

亡くなった彼女は、まだ若かったはずだ。退化してしまう前は大学生か、働きだしたばかりのインターンか、それとも歌手とかモデル……いや、普通の女性だったかもしれない。散歩やジョギング、ショッピングに行って、恋愛映画を見るのが好きな、ごく普通の女の子……。それならほかの人は？　ビジネスマン、優しいおじいちゃん、それとも頼りにされていた父親？　このもっさりした顔の、このたくましい肉体の、共食いするほどのこの野生の裏に、どんな人生があったのだろう？

アンナはヤンのことしかわからない。かつてのヤンは、納得のいく人生を送りたがっていた。ある日、彼は、日々をしっかりと生きている者は死を恐れないと言い切った。

『なあ、アンナ。矛盾しているようだが、いい人生を過ごすほど、人は旅立ちを受け入れられるようになる。だが後悔や執着があった時には……』

そもそもヤンは今、後悔することができるのだろうか？

食事が終わり、エレクトスたちは死体――どちらかと言えばその残骸――から離れ、身を寄せあって落ち葉のベッドに丸くなった。

アンナも草の山を抱えて、湖に面した開口部近くに避難した。寒くても、ここなら血の臭いを気にしなくてすむ。

アンナは冷静さを取り戻し、エレクトスの〝未来〟を案じた。何より先に、彼らにシェルターを見つけなければならなかった。さもないと、殺されてしまうだろう。バリケードを避け、民間人にも見つからずに、安心できる場所に連れていかなくては……。どこに行く？　どうやって？　日が昇るまでの間なら、警備がゆるむはずだ。森を出てパリ市街に入るチャンスが欲しければ、この時間帯に出発するしかない。計画の輪郭は固まりつつあった。

疲れ果てて目を閉じたが、何か忘れているようでしかたがない。そうだ……目覚ましだ！　アンナは上半身を起こし、携帯電話のアラームをセットした。また、昔を思い出してつらくなり、ふと思い出の写真をスクロールしてみる。ふたりが笑って、キスして、ふざけている。アンナのお気に入りは、太平洋を航行中の海洋観測船のデッキの上で、水着姿のままポーズを決めている写真だった。ふたりともすごく幸せそうに見えた。ヤンは夕日が眩しくて目を細めている。ほぼ、同じ男性なのだ。人肉を差しだしてきた彼と……。

「アン……ナ……」

肩越しにヤンの声が聞こえた。ふたつの音節が完璧に切りはなされている。アンナの心臓は一気に高鳴り、全身を血が駆けめぐった。

「思い出したの？　お願い、もう一度言ってみて」

「アン……ナ」

「そうよ、ダーリン。じゃあこれを見て。あなたよ。自分の名前は思い出した？　言ってみて。ヤ、ン」

携帯電話の画面には目もくれず、彼はまた「アン……ナ」と言った。アンナはスクロールして別の写真を見せた。彼女のクローズアップにはすべて興味を示すが、自分の顔には、真面目な顔でも愛情深い表情でもまったく反応しない。

ヤンがいきなり顔をそむけ、あくびをしてアンナの足元の地面に寝そべった。手が偶然ふくらはぎをかすめ、触れたままでいる。泣きじゃくりそうになりながら、アンナはそっとささやいた。

「あなたが正しいわ。ゆっくり休んで。わたしたちは前に進まなくてはね」

アンナも、ヤンの熱と手の重さを感じられるよう、彼の近くで横になった。彼の子供をお腹に宿しているのに、ヤンはそのことを知らない。彼はふたりの過去も、ふたりを結びつけた愛も、彼しかいないと思えるようになった経緯もわからない。アンナは今、ヤンが思い出してくれないことがふたりの間に計り知れない溝になっていることを知り、その事実に打ちのめされていた。ヤンが自分の名前を呼んだ。だがそれは、ヤンの記憶には違いないが、アンナが知っているヤンのものではない。変化してしまったあとの記憶なのだ……。彼が知っていたアンナは、彼の中でもう死んでしまったのだ。

ふと、物別れに終わったステファンとの会話が頭に浮かんだ。彼の言葉は、この洞窟で聞かされるべきものだった。人間とエレクトスは共存できない。現代の人類はいつまでも、祖先《エレクトス》を自分たちとは違う種だと考えるはずだ。それはエレクトスにとっても同じだろう。結局は、誰の、どれほど善良な意思をもってしても、《エレクトスと人間が同じ系統樹に属する》という意識に到達することはないのだ。

生まれてくる子供が父親に会うことはない。アンナは現実に打ちのめされて、思わずお腹に手を当てた。わずかな胎動を感じた気がする。胎動は数週間前から始まり、日を追うごとに強くなっている。彼女の悲しみには果てがなかった。

いつの間にかまどろんでいて、アンナは何かの動きで目を覚ました。エレクトスが階段の前に立ち、空気の臭いを嗅いでいる。月明りで髭のエレクトスだとわかった。彼が鋭く鳴いて群れに警告を発する。ヤンがすぐに近くへ行った。

「ティカク?」

「ティカク」髭のエレクトスが肯定する。

真夜中に特殊部隊は動かないと思いながらも、彼女はふたりにささやいた。

「ずっとここにいることはできないわ。出ていかければならないの。ここは危険すぎるのよ。あなたたちが安心できる場所を知っているから、わたしについてきて」

話が伝わらないことはわかっていたが、声にこめた強さに賭けていた。いつの間にか、残りのエレクトスたちも立ち上がっている。心配そうな顔でアンナを見つめ、それから、視線で髭のエレクトスに尋ねた。彼は出口を指差し、承認の声をあげた。腕時計の針は午前一時を指している。アンナは心を決めてリュックサックを背負った。今こそ計画を実行に移す時だ。

どうしたらエレクトスを救えるかはわかっている。ヤンとここにいる仲間たちだけでなく、すべてのエレクトスを助けられるのは自分ひとりだけだ。

念には念を入れ、慎重に進む必要があった。そのため、橋を渡り、遊園地の敷地内を抜けてシャラントン門に来るまで、たっぷり二時間もかかってしまった。

市街地に入ってからは、灯りに照らされないように、倍の注意を払った。闇に紛れても警戒は怠らない。もし、何かの気配を感じた人がいたら、目を凝らしてようやく、壁を伝う影に気づいたかもしれない。だが、エレクトスは鋭い知覚を持ち、アンナよりもずっと早く危険を察知して、そうしたリスクを避けることができた。

彼らは先頭をアンナに譲りつつ、ヤンと髭のエレクトスの命令だけに従う。駐車している車の影から車寄せの下へ、その次は、薄暗い行き止まりの道——ボスたちの合図を待って、次の場所に走る。ヤンだけは髭のエレクトスの命令を気にかけず、アンナから目を離さなかった。

ようやく線路が見えはじめたところで、髭のエレクトスが突然言うことを聞かなくなった。どうしても、木々が守ってくれそうな束を回っていきたいらしい。森が数キロしか続かず、すぐに郊外の街になることを知らないのだ。森の外に出たらアンナはもう助けられない。彼に理解させるため、アンナは何度も「ティカク」と繰り返し、それで彼の執着は冷めたようだった。会話の糸口がつかめたことに勇気づけられ、彼女は南西を指差し、はっきりと言った。

「ナ、ティカク。ナ、ティカク」

驚いたことに、髭のエレクトスがうなずいた。

彼らはそのまま、狩りの邪魔をされたアーケオプテリクスの鳴き声に追われながら、人気のない道を走り、ついに、向こう側に線路が広がる鉄柵のところまで来た。ところが、アンナが振り返って進むよう促しても、彼らはそこから一歩も動こうとしなかった。今回は全員一致で拒絶され、アンナは自分のいたらなさに気づいた。

（そうよ、鉄柵を憎んでいるに決まっているじゃない！　彼らにとっては閉じ込められて虐待された記憶しかないんだから……）

アンナは両手を開き、敵意はないというジェスチャーを繰り返し、線路を差し示しながら微笑んだ。

「だめよ、あれを越えなければならないの！」

意外にも、また髭のエレクトスが一番に納得した。それだけで、全員が慌ただしく動きだす。幸運なことに、すぐに抜け穴が見つかった。全員で鉄柵をくぐり抜け、そのまま線路を渡り切る。

四百メートルほど行くと、セーヌ川に架かるトルビアック橋付近に出た。夜明け前だというのに、あたりは照明が煌々と輝き、しかも、この時間にもかかわらず車が走っている。見つからずに橋を渡ることは不可能に思えた。歩行者や流しのタクシーに気づかれたが最後、通報は免れない。それでも選択肢はないのだ。向こう岸まで行くことさえできれば、切りぬけられたも同然だった。そこから先は危険が少なく、河岸を歩いていくだけで目的地に到達できる。

どうしたらいいのか……。

諦めかけた時、ヤンが階段を下りて河岸のへりにうずくまり、川下に流れていく暗い水を眺めた。アンナはそばまで行って、きっぱりと言い聞かせた。

「だめ、危険すぎるわ」

ヤンは話を聞かず、川の臭いを嗅ぐようにさらに腰を丸めた。

「無理よ。あなたはたぶん泳げない……」

ヤンは彼女を見ようともしない。どうしても泳ぎたいらしく、桟橋まで進み、ついに水の中に入ってしまった。アンナの不安は的中した。ヤンが、子犬のように危なっかしくもがいている。それでも、強い筋肉で脳の協調機能を補ったのか、どうにか水に漂って、弱い流れに逆らえるようになった。もっと水が冷たければこうはいかなかっただろう。そのまま十メートルほど進んだところで、ヤンが方向を変えた。

「戻って、お願い。ナ！」

それでもヤンは、危険に気づかず遠ざかっていく。

「ああ、もうっ！」アンナは怒りに駆られ、暗闇に消えるヤンを見た。

仲間たちも桟橋に集まり、暗い流れを見つめている。川は生きていて、飲み込まれるかもしれないと不安を感じているようだ。ところが、髭のエレクトスが水の中に入ると、残りのエレクトスたちもおとなしく従った。絶対にひとりになりたくないのだ。

アンナは急いで橋を渡り、向こう岸で彼らを待ちかまえた。一瞬、姿が見えなくなって、溺れてしまったかと思った。ところが、下流のほうから音が聞こえ、川の水に漂う黒くて長い毛が見えた。再び群れを発見し、アンナは彼らのところまで走った。河岸にはすでにヤンがいる。彼女はほっとするあまり笑いたくなった。ヤンはぐったりしたまま地面に座り込み、身体を振って水滴を飛ばしている。アンナが着替えのセーターでヤンの背中を拭いてやると、ヤンは気持ちよさそうに目を閉じた。

やがてヤンが立ち上がり、闇に向かってうなった。アンナはその時、髭のエレクトスが呼びかけに答えないことに気づいた。ほかにも姿の見えなくなったエレクトスがいる。ヤンはそれのことに動揺したらしく、十メートルほどの距離を行ったり来たりしながら、川の臭いを嗅いでいる。アンナも水の中に動く影を見つけようとヤンのあとに続く。だが、どんなに目を凝らしても、髭のエレクトスもほかの仲間も、姿を現すことはなかった。アンナは諦めて彼の腕をつかんだ。

「ナ。おしまい。あなたの友達は戻らない。わたしが言っていること、わかる？」

ヤンは最後に愕然とした表情で川を見つめてから、仲間の元に向かった。兄弟を失ったことはつらいが、逃げなければいけないという本能が何よりも勝っているのだろう。

素直に従ってくれたことを、アンナはありがたいと思うべきなのかわからなかった。これが共感の欠如だとしたら、食べられてしまった女性に対する思いと似たようなものかもしれない。あるいは抗えないものに対する一種の諦めなのか……。彼は喪失から何を理解するのだろう。発掘されたもっとも古い墓は、今から十万年前のものだが、それだけで、エレクトスが死の意味を知らないと言えるだろうか？

真実がどうあれ、ヤンは不幸に見舞われた仲間を忘れてしまったようだ。歩きだしたくてたまらないというように、あたりを見張っている。

夜明けの光を浴びて、国立自然史博物館の外壁がピンク色に染まっていた。腕時計の針は六時三十分を指している。ほんの数キロ進むために、これほどの時間がかかるとは思いもしなかったが、アンナは到着できたことに安堵していた。

そのまま、彼らを建物の横にある研究者用の通用口まで誘導する。カードキーはいつも持ち歩いている。あとはここを通り抜けるだけだ。

中に入ろうとしたところで、またしてもエレクトスたちがためらった。ここまで黙ってアンナについてきたが、何かが明らかに恐ろしいようで、怯えた様子で暗い廊下をじっと見ている。

（また閉じ込められるんじゃないかと心配しているのね）

急いでいたが、アンナは声に抑揚をつけず、おだやかに優しく諭した。

「ここに入れば安全よ。それは約束するわ。いらっしゃい、わたしが一番に行くわね。危険は何もない、ひとつもないの。わたしがあなたたちを守るわ……」

アンナがヤンの手をとると、ヤンは拒否しなかった。それを見て、ほかの者もうしろを恐る恐るついてくる。

非常口の誘導灯のおかげで、歩いている場所がよくわかった。アンナたちは、サバンナの動物が展示されている部屋を通って、鼻を垂らしたゾウのところで曲がり、警備室に到着した。中から蛍光灯の明かりが漏れている。

アンナは入り口に立ち、うとうとしている警備員にそっと声をかけた。彼は飛び上がり、それからアンナに気づいてばつの悪そうな顔をした。

「うわっ、ムニエさんじゃないですか。びっくりさせないでください。ずいぶん早いんですね、どうし――」

「ユベール、あなたに助けてほしいの」彼の言葉をさえぎるようにして、アンナは懇願した。

「何か問題でもありましたか？」

「ええ、大問題が……」

そう言いながらアンナが横に一歩動くと、そのうしろからヤンが姿を現す。

警備員の顔が真っ青になった。

九章　突入

一

ステファンは知らせを聞いてすぐ飛行機に飛びのった。

パリ自然史博物館に到着すると、彼は軍の緊急司令部にいるマーク・アントネッティを呼びだした。建物から出てきたアントネッティは、どうした風の吹きまわしか、いわゆる防護服を身につけている。〈エレクトス留置センター〉の健康管理責任者に就任した以上は、攻撃の統括を担う一員であることに間違いないが、普段この男は、すべての安全が確保されない限り現場に姿を見せない。

この矛盾を強調するかのように、隣には、髪を整髪料で固め、グレーの蝶ネクタイをした小柄な男が控えていた。ステファンは、あたりの緊迫した様子にもかかわらず、笑わずにはいられなかった。

「ニコラじゃないか。なんとも痛ましい状況だが、君と会えて嬉しいよ」

アントネッティは、ステファンと自然史博物館館長が良好な関係にあるとわかって腹を立てた。そうでなくても、ステファンさえいなければ、アンナがこんなことをしでかすことはなかったのだ。アントネッティはふたりの再会に水をさすように言った。

「ここまで何をしにきた、ステファン？」

「アンナが心配でね」

「ニューヨークで心配していればよかっただろう。状況は我々のコントロール下にある」

「だから不安なんだ」

ステファンは冗談めかして言ったが、本心であることは明らかだった。アントネッティはあからさまに喧嘩腰な態度を見せつける。

「おまえは防戦一方だろう？」

「ヴァンセンヌのエレクトスが殺されていなければ、私はもっと下手に出ている。そっちの偉業は、世界中のテレビでエンドレスループだぞ」

「それがどうした？」アントネッティがふてぶてしく言い返した。

「あれでは、エレクトスに対する殺人許可証を出したようなものだ。おまえたちは自警団でも活動家集団でもない。フランス軍は、自由を取り戻したいと願っただけの相手を断罪している」

「何人死んだと思っている？　感染した兵士はどうするんだ？　一般市民にも被害が出ているんだぞ？　おまえも死亡者名簿を見てみるがいい」

「彼らに対してもっと人間味のある措置を決めていれば、絶対に起こらなかったことだ」

「ああ、そうだろうな！　世界を救うのはおまえだ！」

「ふたりとも――」

博物館館長はどうにか会話に割って入ろうとした。だが、ふたりは激昂したまま、バランスキーの話を聞こうともしない。ついにアントネッティが上機嫌で言いはなった。

「ひとつだけ言わせろ。仮定じゃない、事実に基づくことだ。我々が取った措置のおかげで、感染症の拡大が止まったんだ」

「虐殺を犯しながらな」ステファンが応戦する。

「すべて我々のせいだと言いたいんだろうが、これは国連で採択されたことだ。ここで国連の採択にケチをつけるのか？　文句は国連に行って言えばいい。事務総長のダオ・トラン＝ニュットなら、話くらいは聞いてくれるだろうさ」

「いいか、感染症が見つかってから、アンナ・ムニエがどれほどＷＨＯを助けてくれたことか。彼女には恩がある。私がここにいる理由は、ただそれだけなんだよ」

「そうか、実にありがたくない理由だな！」

ステファンはアントネッティとの言い争いを切り上げ、好奇心からバランスキーのほうを向いて尋ねた。

「アンナはどうやって館内への侵入を遮断できた？」

「夜間警備員を拘束して、自動ドアをロックさせたんだ。そのあとで、警備員を出ていかせた。かわいそうに、彼はかなりショックを受けている。いやはや……アンナはご丁寧に警告もしたそうだ。無理やり中に入ろうとしたら館内の展示物を破壊するとね」

「エレクトスは何人いる？」

「警備員によると四人だ」アントネッティが口を挟む。「元恋人がそこに含まれているかは定かでないが、我々は一緒にいるのではないかと思っている」

ステファンはしばらく考え、頭に浮かぶままを言葉にした。

「彼をつらい目にあわせたくないだけだ。ここまで連れてきたのは、安全な場所に避難させたいからだろう」

「どうにも信じられないね。あれほど知的な女性が、軍隊を一瞬でも妨害することを考えるなんて」

「彼女はルベルを愛している。ただそれだけだが、そのことが判断力を狂わせている。私はそれを彼女にわからせようとしたんだ」

「ではおまえに説得力がなかったということだな」

「……司令官？」バランスキーが言った。

博物館館長は疲れ果てていた。突入時刻が間もなくだと聞かされていた上、こんな好戦的な男《アントネッティ》のせいで貴重なコレクションが危機にあると知り、打ちのめされたのだ。一瞬、ステファンがアントネッティを諭してくれるのではと期待したが、逆に怒りをあおっている。

「どうかお願いしますよ」アントネッティに見つめられてバランスキーが言った。「博物館には古生物学的に貴重な資料が多数所蔵されています。それを失うことが人類にとって大きな損失であることは、あなただってわかっているはずだ、例え軍であっても、それを危険にさらす行為は許されるものではない」

「バランスキーさん、率直に申し上げて、あなたの化石は私の優先事項ではない。私の眼には、いつ逃げるかわからない、誰に嚙みつくかわからない四人のエレクトスしか見えていないですよ。人類の損失を考えたら、博物館のことはかまっていられません」

ちょうどその時、将校が近づいてきた。ステファンは、手に抱える武器が麻酔銃ではなくサブマシンガンだと気づいた。立てこもっているエレクトスを殺すつもりなのだ。何故そこまでするのだろう？　この手の事件が再び起こることを避けるためだろうか？

「電気技師が到着しました、司令官」

「ではその者に伝えてくれ。この先はいかなる照明も点灯しないことを希望する、と」

将校はうなずき、きびすを返した。ステファンは、かつての友情を引きあいに出してでも、アントネッティから温情を引きだす覚悟だった。

「いつ突入するつもりだ？」

「日没後に決行だ。暗視スコープを装備したチームが建物に踏み込む」

「アンナとは、連絡を取っただけか？　それだけでは意味がないぞ。六時三十分にエレクトスを連れて博物館に立てこもって、そのあとはどうした？　話しあったのか？　彼女の要求は何だ？　最終目的は言っていたか？　彼女らしくない――」

アントネッティはかっとなって言った。

「もちろん我々に交渉を求めてきたさ。しかし、彼女はまともな精神状態じゃなかった。話が支離滅裂で、安全保障会議だとか、ジェノサイドとか、シェルターとか……あまりに現実離れしているので、私から話を打ち切った」

「私が話して正気を取り戻させる、頼むマーク」

「おまえだって彼女を説得したんじゃなかったのか？　だが、できなかったんだろう？」

「留守番電話にしかつながらなかったんだ。一度でいい、チャンスをくれ。そうしてくれたら私は消える。もう私の噂も聞かなくてすむ」

「話にならない」

「最悪の事態に終わったところでおまえは何を失う？　何も失わない。だがうまくいけば、手柄は全部おまえのものだ、よく考えてみろ」

「……いいだろう。ただし十分だけだ、ステファン。それ以上は待てない」

〈切れ耳〉は、新たな避難場所で、引きつった笑顔を貼りつけていた。感情が定まらずに、急に飛び上がったかと思えば、恐怖と苛立ちで身体が揺れてしまう。怒りにまかせ〈ティカク〉に嚙みついてやりたくてしかたがない。なめらかな石の向こうから、話し声が聞こえてくるのだ。〈澄んだ声〉も〈ティカク〉の様子を探っているが、彼女は落ち着いているように見えた。


エレクトスと警備室に立てこもったあと、アンナはじっと待つことにした。不安はどんどん膨らんでいるが、建物全体の様子は監視モニターで確認できるので、ここならまだ安心できた。

ヤンが鼻腔を震わせて、扉の横をにらんでいる。見えない敵の気配を感じているのかもしれない。アンナは動物を相手にするように、なでたり歌をうたったりしながら、何度もヤンをなだめた。それでもヤンの苛立ちを抑えることはできず、乱暴に手を押し返されてしまう。敵意を示されてもアンナは落ち着いていた。自分でも、このままではエレクトスが長くもたないとわかっていた。

警備室のモニターには、世界中のニュースが流れていた。博物館への乱入がトップニュースで取り上げられている。撮影スタッフは、保安バリケードの後方五百メートルのところに集められ、各国の特派員たちがあらゆる言語でノンストップでまくしたてている。

まったく恐怖を感じないことに、アンナは自分で驚いていた。ヴァンセンヌの森に着いた時に心は決まっていて、何があってもその気持ちは揺るがない。世界で最後の人間になろうとも、ヤンを守り、物言わぬエレクトスの代弁者になろうと固く決意していた。自分のことはどうでもよかった。バランスキーに解雇されるなら、それはそれでしかたない。監獄行きの未来が待っているなら、覚悟はできている。いい評価は長く続かないものだ……。アンナは運命の皮肉を呪うどころか、少しだけ愉快な気分になっていた。また処刑台にさらされて、気のふれた女や、夢想家呼ばわりされるのだろう。だが、それももうどうでもいい。彼ら人間味のあるはみ出し者たちが生き残るために、闘っていくと決めていた。

ふいに、キーボードのそばに置きっぱなしだった警備員のトランシーバーが鳴った。

おかしな音が聞こえ、〈切れ耳〉は〈ティカク〉の〈雷〉を警戒して眉をひそめて眺めた。〈澄んだ声〉が躊躇なくそれを持ったので、彼はまた戸口にはりついた。

「アンナ、聞こえるか？」

通信状態が悪く、音がとぎれとぎれだが、声の主はすぐにわかった。アンナは少し思案してから、今度は自分がトランシーバーを操作した。

「ステファン、ですか？」

「そうだ。私は今、軍の関係者と一緒だ」

「これだけのためにニューヨークから来てくださったんですか？　何て光栄なの！」

「軍がこの建物を包囲している」

「知っています。でも、彼らがエレクトスに何もしないと確信できるまで、ここから動きません」

「私には時間がない。十分しかもらえなかったんだ。それに、私が何を言おうと状況は変わらない。頼む、投降してくれ。アントネッティが突入しようとしている。奴はきみの脅しを嘲笑っているぞ」

「自分でもうまくいくとは思っていません。数時間だけでも稼ぎたいんです」

「アンナ、まだ戻れる」

「戻ればヤンが殺されます」

「きみの……」

「わたしの何？」

アンナはステファンが言葉を飲み込んだことがよくわかった。

「きみの友人は罪に問われている。それはわかっているだろう。きみは彼のためにもう何もできない」

「あなたは闘うことを放棄して、諦めてしまったのでしょう？　ニューヨークのあなたはひどくシニカルでしたから。でも、わたしは諦めない。これは、わたしやわたしのパートナーだけの問題じゃなく、ウイルスに感染したすべての人にかかわる問題なんです。〈エレクトス〉でも〈ヒト科〉でも〈猿人〉でも、呼び名なんてどうでもいい。彼らはわたしたちと同じく、生きる権利があるんですよ」

「アンナ、アンドレイ・アクロフの話は聞いたか？」

「安楽死させろというアレですね。聞きました。あいつはいかれた〝左巻き〟だわ」

「ヴァンセンヌの事件があったあとでは、彼の提言はすんなり受け入れられるだろう。数日、いや数時間で決まってしまうかもしれない。アンナ、信念を通すのはきみの美徳だが、きみが特定の種に対する境遇を決めることはできないんだ。人々は恐れている。感染のリスクがある限り、彼らの不安を考慮に入れるべきだ」

「抗ウイルス薬が間もなく市場に出回るはずです」

「危険が持続する限り、人々はアクロフ派の発言に耳を傾けるだろう。私も……きみにだって何もできない。それが自然の法則だ。人間は恐怖に支配されているんだよ」

「わたしには秘策があります」

ステファンは、この悪手から彼女を救いたくてパニックになり、畳みかけるように訴えた。

「頼む、引き下がってくれ。私がバランスキーに話をしよう。きみは発掘調査に行き、〈クルーガー・ウイルス〉の第一人者になる。未解決の問題がまだ山のようにあるじゃないか。覚えているか？　退化現象は数千万年間隔で地球に現れてきたと、きみが言ったんだ。私もそれについて考えてみたよ。フューチュラバイオが海溝に〝タコ〟を探しにいったのは、ウイルスが海底に眠っていると考えたからだ。海底なら、これほど長い間眠っていられた説明がつく。きみが必要とされていることはたくさんあるんだ、アンナ……」

「時間の無駄です。まずは、エレクトスが生き残ることですよ。それ以外の問題解決は、その次です」

「何て石頭なんだ！」

「だって、化石のことでいっぱいですから」

　アンナの声が楽しげに響き、ステファンは彼女の笑顔を想像せずにはいられなかった。彼はありったけの思いをこめて言った。

「拒めばきみにしてあげられることは何もない、何ひとつないんだ！」

「下手なお芝居はやめてください。ジェノサイドは決定ではありません。秘策があると、わたしは言いましたよね。それを安全保障理事会で議論するまでは、ここに立てこもります。わたしの話を聞く気はありますか？」

「あと二分しかない。エレクトスを教育するという提案なら、それは――」

「そのことではありません。少なくともひとつ、彼らの身に起こったある現象を見つけたんです。わたしたちがそれを理解したことを知れば、彼らはきっといい顔はしないでしょう。彼らはそれに関して非常に未開なんです」

「きみが正気に戻ったのを知って嬉しいよ」

「やめてください、ステファン。心の底からお願いします、どうか一分間でいいから、話をさえぎらずに聞いてください」

　アンナはこれから使う言葉を慎重に選んだ。今朝、アントネッティは真面目に受けとめてくれなかったが、ステファンのことは信用しているし、国連で見せた誠実な態度には感銘を受けた。おそらくこれが最後のチャンスだ。

「わたしたちはシェルターをつくらなければなりません。エレクトスが人間と距離を置き、自由に生きていけるほどの、広大なスペースのシェルターです」

トランシーバーの向こうでステファンが息をのんだ。

「シェルター？　それがきみが見つけた秘策なのか？　小国クラスの感染者施設をつくりたいと？　火を消したい時は、熾火《おきび》を散らすということか？」

「確かに、自然の中でウイルスを孤立させたいなんて狂人的な考えですね。でも、あなたの考え方では無理があります」

「アンナ、なぞなぞしている時間はないよ」

「エレクトスに生殖能力はありません」

「何を言っている？」

「ちゃんと聞こえていたでしょう？　わたしには確信があるんです。エレクトスにも、感染した動植物全般にも、生殖能力はありません。有機体は〈クルーガー・ウイルス〉に感染することで、その能力を失うんですよ。だから、退化した化石の発見数が極端に少ないんです。子孫がいないんですから！　太古の昔、恐竜がウイルスに感染したとしても、彼らは一代限りで消える運命にあったんです。そうでなければ、生存していたと思われる時代よりもずっとあとの地層から、ウイルスに感染した恐竜が多数見つかっていたはずでしょう。ですが実際の〈クルーガー・ウイルス〉は、存命中のものに伝播するという形でしか遺産を伝えることができません。それからもうひとつ、過去の感染症はすべて自然消滅しました。なぜなら、船や飛行機のような伝播のためのベクターが発明されていなかったからです！」

ステファンはまずマーガレット・クリスティーに、次にリン・ヴィシュナーに電話をしてアンナの推察を知らせた。ヴィシュナーは、若干の不確実性はあるが、その着想は素晴らしいと判断した。退化個体に子孫の化石がないのは、気候変動や地震など別の原因も考えられる。しかしながら、退化ウイルスが出現したすべての時代でこうした奇跡が繰り返されてきたとは考えにくい。彼女はこの仮説の正否を判断するために、先史時代のラットを用いた緊急実験に入った。

博物館では、マーク・アントネッティが今も突入要員として控えている。彼としては、人命が奪われている以上、強硬策しか考えられなかった。現場の人間はいかなるリスクも負うべきではない。軍はそれを、《見つけ次第エレクトスを銃撃せよ》という言葉で表した。だが、今は待機命令が出ている。アントネッティは、歯ぎしりしながら状況が動きだすのを待った。

リン・ヴィシュナーに電話をしてからまだ一時間も経過しておらず、ステファンが事態の流れをどうやって変えるべきか模索しているところに、マーガレットから連絡があった。彼女は明らかに興奮し、感染症が発生してから初めて高揚しているようだった。

「ステファン、驚かないで聞いてちょうだい。退化種に生殖能力がない証拠を速やかに持ってこられるなら、アンドレイ・アクロフが自分の立場を見直してもいいと言っているわ！　今回はうまくいくわよ。アンナの〝秘策〟で完全にひっくり返るわね。リンから連絡を待つ間、眠れそうにないわ」

アクロフの豹変に唖然としつつも、ステファンはまだ、喜んだり、未来に思いを馳せたりする気持ちになれなかった。彼は疲れた声で答えた。

「それは素晴らしい。ただ、パリの状況はかんばしくありません。麻酔銃を使うようアントネッティを説得しましたが、聞こうとしないんです」

「昔の友情はどうなったのよ？」

「あんなものはずいぶん前から化石になりましたよ！　それよりアンナが心配なんです。彼女に弾が当たったらと思うと」

「突入はいつ始まるの？」

「約二時間後です」

「エレクトスに生殖能力がないことがわかれば、彼は意見を変えてくれそう？」

「おそらく……」

「では、リンができるだけ早く連絡してくれることを祈りましょう」

ステファンが黙り込んだので、マーガレットがそっと尋ねてきた。

「何か、あなたのためにできることはない？　わたしはあなたに頼りすぎていたわね。あなたにとってそれがどれほど大変だったか、わかっているつもりよ」

「ありがとう、マーガレット。娘の声が聞きたいだけです」

「わかったわ。ほかに必要なものを思いついたら何でも言ってちょうだい」

ステファンの望みはひとつしかない――ここから逃げて、ジュネーヴに戻り、自分にできるすべてのことを頭の中から追いだすことだ。だが、それを現実にすることはできない。アンナのために、前線に戻らなければならないとわかっていた。自分はあまりに早い段階で、エレクトスを糾弾するという間違いを犯したから。正しいのは彼女だった。彼らを害獣のように扱うべきではなかったのだ。

二

突入開始からすでに三時間が経過している。たが、状況はかんばしくない。最初に突入した特殊部隊の兵士のうちふたりは、現場に飛び込むのとほぼ同時に嚙まれた。なぜエレクトスにそんなことができたのか誰も理解できず、全員の制止を振り切って単身で中に入ったアントネッティも音信不通だ。その後、もう一度チームが突入したが、これも失敗に終わっている。そして一時間前にまた攻撃を仕掛けた。今回も、無線機からの応答がない。

軍のトラック数台が猛スピードでやってきて、博物館の柵の前で止まる。新たに兵が投入され、警備室そばの機械室に設置された緊急司令部ではもうエ、レ、ク、ト、ス、の無力化についてしか話されていない。結局、アントネッティの行動は状況を悪化させただけだった。兵士を失う可能性は十分考えられたのに、あまりにも無計画に突入を急ぎすぎた。その結果、アントネッティは自分で突入するほど追い詰められてしまったのだ。

ステファンはあれから緊急司令部にとどまり、事態の推移を見守る権利をもぎ取っていた。室内は人であふれ、緊迫した雰囲気が漂っている。一分おきに兵士がトランシーバーに連絡を入れるが、応答がない。電源が切られてから、館内のモニターは真っ黒なままだった。十人ほどがこわばった顔で地図を囲んでいる。ステファンはふいに、大惨事の予感に襲われた。この状況は、恐怖以外の何ものでもなかった。何が起こっているのか正確に知る者が、誰ひとりとしていない。

彼は不安のあまりそっけない口調で訊いた。

「くそっ、なぜこれほど時間がかかる？」

「夜間の攻撃は無駄だとわかったのです。エレクトスは明らかに夜目が利くので」兵士が答えた。

「アントネッティが待ってくれてさえいたら！　死者は出ているのか？」

「一時間前には確認していません。ですが、この静けさは気になります」

「アンナ・ムニエは？」

「彼女も応答しません」

「この突入は大失敗だったな」

誰もまったく情報をつかめないため、ステファンは決意を固めた。アンナが中に閉じこもっているのは、もとはと言えば自分のせいだった。二カ月前に彼女を引っ張りださなければこんなやっかいな事態に巻き込まれることはなかったのだ。もう解決策はひとつしかない。自分が行って連れもどさねばならない。

もちろん、WHO職員の誰に対しても現場突入の権限は付与されていない。事情を聞かされたマーガレットも、ステファンの提案に賛同しているわけではない。それでも、今一度、不本意ながら、彼のために司令部の承認をもぎ取った。

彼女としては、彼を危険な目にあわせたくなかった。ステファンと仕事を続けるうちに、彼に深い愛情を感じ、この数カ月は特に、その気持ちが大きくなるばかりだった。だが彼女は、そうした本心を隠して、彼の求めにゴーサインを出した。怯えていることを声で悟られたくなくて、疑っていると思われるのも嫌だった。ステファンはこれまで何度も感染症に苦しむ現地に赴いた。それが戦時下の国だったこともよくあったので、軍は経験者と見なし、彼に護身用具――小型のライフル銃と麻酔銃――を持たせることを許可した。マーガレットは信じることに決めた。

きっとすべてうまくいく。

ついにステファンが館内に入った。

展示室をのぞき見ると、大理石の床が瓦礫で埋めつくされていた。警備室の入り口は爆破され、粉々になっている。その反対側では、運命が目配せしたかのように、ゴンフォテリウムのほぼ完璧な骨が、感染症が発生するずっと前からそこで見張りに立っていた。警備室に人の気配はない。ライトの光線が闇を貫き、室内は紙やひっくり返った備品でカオス状態だとわかる。あたりは重い静寂に包まれていた。

ステファンは中央通路を進んだ。

と、行く手にうずくまったシルエットが現れる。ステファンの心臓が止まりかけた。エレクトスにしては小さすぎる。

(アンナ……アンナだ!)

ほぼ意識を失っている。ステファンはゆっくりと彼女を起こし、手早く全身を調べた。後頭部の髪が血でべとついている。三センチほどの銃創があるが、そうひどくはないようだ。やがて、アンナが腕の中で意識を取り戻した。彼は、今さら配慮したところでどうにもならないと知りつつ、周囲に人がいる場合に備えて小さく声をかけた。

「きみをここから脱出させるために来た」

「ヤン……」アンナがつぶやく。

「危険すぎる。今すぐここを出るんだ」

「行けません。彼はひとりなんです。お願い……」

ステファンは一瞬考えて諦めた。アンナが助かったところで、ヤンに何かあれば彼女は絶対に自分を許さないだろう。

「わかった、警備室に行って包帯代わりになるものを探してくる。ここで待っていてくれ」

「わたしの鞄……」

彼女は足元に転がっている袋を指差した。開けると中に救急用具が入っている。

「全部予測していたんだね？」

「全部じゃありません」彼女は答え、疲れたように笑う。

「傷口はそれほどひどくない。怖かっただろうが、もう安心していい。さあ、少し水を飲みなさい、脱水症状を起こしているようだ」

アンナはむさぼるように水を飲み、大きく息を吐きながら頭を振った。

「気分はどうだい？」

「いい、と思います、すぐによくなります」

「アンナ、申し訳なかった」

「やめてください、あなたが悪いんじゃない」

実際は頭がふらふらして視界がぼんやりしていたが、ステファンに気を使って嘘をついた。それからアンナは心配になって起き上がり、無意識のうちに後頭部に手をやった。

「触ったらだめだ。絆創膏が取れやすくなっている」

「わたしはどうなったんですか？」

「おそらく流れ弾が頭皮をかすったんだろう。そうでなければ生きてここにいない。いい守護天使がついているね。あと一センチずれていたら死んでいた」

「ヤンは？」

「どこに隠れているのか、きみが知っていると思っていたんだが」

「わたしにもわかりません。彼らは閉じ込められるのに耐え切れなくなっていて、爆発があった直後に警備室を飛びだしていきました。そのあとはもう、悲鳴と銃声しか聞こえず、地獄のようでした。わたしは兵士に見つからないよう隠れていました。温室に行くつもりだったので、もしかしたら……。彼らはそこにいるかもしれません。それが今お話しできるすべてですね。あなたなら、この事態を止められると期待していたんですが……」

「アントネッティは本物のばかだ」

「わたしが楽観的すぎるのがいけなかったんです。その罰が当たりました」

「アンナ、きみの仮説は確かに多くのことをひっくり返すことができそうだが、殺戮をやめさせるには確固たる証拠が必要だ。リンが至急対応してくれている」

「現状を見てください。もう手遅れだと思います……」

「そんなことはないさ。確かに状況はよくない。特殊部隊と連絡が途絶えたままだし、死者が出たかどうかもわからない」

「死者というのはエレクトスですか、それとも兵士？」

「どちらもだ」

「ヤンは生きています、わたしにはわかるんです！」

「それなら、軍が再突入する前の今のうちに探しにいってくるよ」

「わたしも行きます」

「だめだと言っても来るんだろ？」

アンナは頭が割れそうに痛んだ。それでも唇を噛んで悲鳴をこらえ、泣き言も漏らさずに前に進む。ここまで連れてきたエレクトスについては、どういう形であろうと決着をつける覚悟だった。自分が考えていた結末とはあまりにかけ離れた状況に陥ってしまったことが、悔やまれてしかたない。

（わたしが、強情をはらずに投降する条件を交渉すればよかったんだ……）

ふたりがいる〈進化の大ギャラリー〉は、数千という絶滅種の複製が並ぶ、古生物学の神殿だ。その床に、七人の兵士が死体となって転がっているのが見えた。首が折れている者、頸部を噛まれた者、殴打されて死んだ者もいる。だが、アントネッティの姿がない。

その少し先に、今度は無数の銃弾を浴びたエレクトスの死体があった。

ステファンが死体をひっくり返し、アンナが意を決して確認する。

（……ああ、神様！）

死体は若いオスだった。

アンナはほっとして息を吐き、注意深く周囲を見回す。すると、カバのつがいのうしろにまた新たな死体が見えた。

まるで悪夢を見ているようだった。そのうち誰かが助けにきて、目を覚まさせてくれたらどんなにいいか。強すぎる拍動がこめかみに響き、頭痛がひどくなってきた。ガラス屋根越しに月明りが降りそそぎ、死体が照らされる。ヤンにしては小さい。近くまで来ると、アンナはそれがタフガイの、ずんぐりしたエレクトスだとわかった。顔の半分がなくなり、肉がつぶれ、脳が飛びでている。

ステファンが左側に行った。アンナは空気の揺れに集中して闇をうかがう。何も感じられずに絶望しかけた時、三階のドームのあたりで動く影を見た気がした。誰かが腰を丸め前進している。自分が今いる場所からは、それが兵士なのかエレクトスなのか見分けがつかない。アンナが身体をこわばらせたので、ステファンもその影に気づいた。彼はそっとアンナに近づき、耳元でささやいた。

「ヤンだと思うか？」

「まったくわかりません」

「私だったら、真っ先にここから退散するがね」

「それは兵士の考え方ですよ。エレクトスには独自の考え方があります。彼らはハンターですから」

「ヤンだわ」

影が手すりを飛び越え、金属の柱に沿ってすべり下りた。驚くほど軽々と移動している。

「確信が持てるまで待つんだ」

「確信はあります！　彼が群れの中で一番大きいんです。わたしが行きますから、あなたはここにいてください」

「いや、きみと一緒に行く」

「冷静になってください。彼らはわたしを知っていますし、わたしが味方だとわかっています。でもあなたは――」

「わかった。だがくれぐれも危険なことはしないでくれ」

アンナは柱の下に向かい、ステファンはサイの背後に隠れた。突然、静まり返った中で、トランシーバーに特有のノイズが響きわたった。二階で鳴っているようだ。ステファンはじっとしていられず、三メートル先の階段に走った。この時になって、アンナを助けおこすために床に置いたライフル銃を、その場に残してきたことに気づいた。だが、今から戻ることはできない。

できるだけ静かに階段を上り、絶滅種の展示室の前を通りすぎる。ノイズの音量が大きくなった。どうやら左側で鳴っているらしい。人の声が混じっているようにも聞こえるが、あまりにかすかな音で判別できない。

（アントネッティなのか？　それとも突入した兵士か？　建物の中には、いったい何人いるんだ？　くそ、確認しておくべきだった……）

胸元に手をやり、上着のポケットに麻酔銃が入っていることを確かめる。今は両手が空いているほうがいい。

階段から二十メートルほど奥まった場所で、ステファンはトランシーバーを見つけた。だがそこに人影はなく、無線機だけが床に置かれて鳴りつづけていた。まるで、わざと置かれているかのようだ……。

（これは罠だ！）

低いうなり声が聞こえた。

ステファンは顔を上げた。前方に、両足を開き、石のアーチの下に半分隠れるようにしてエレクトスが立っていた。口にトランシーバーをくわえている。互いの目が交差したとたん、エレクトスが口を開けた。トランシーバーが床に落ちて砕けちる。慌てて麻酔銃をさぐったが、エレクトスはもう目の前にいる。その距離は、わずか二メートルしかない。

ステファンは反射的に階段に向かって走り、そのまま大股で駆け下りた。もう、ひとつのことしか考えられない――兵士の死体のところまで行ってサブマシンガンを奪い、追ってくる敵を亡き者にする。

階段で数メートルは引きはなした。死体を見つけ、武器をつかみ、振り返って構える。〈進化の大ギャラリー〉には誰もいない。エレクトスは消えていた。

息を吐くと同時に、空気が動いた。上から巨大なものが降ってくる。引き金を引いた瞬間、鋭い歯が肩に食い込むのを感じ、その直後、強烈な痛みが走った。

アンナの耳に、銃声と引き裂くような悲鳴が聞こえた。

（ステファン？）

声が聞こえたほうに振り返ろうとした瞬間、温室の戸口に立つアンナの視界を影が横切った。特殊部隊だとしても、動きが敏捷すぎる。あれはヤンだ。アンナは腕を振って走りだした。ヤンは金属の梁《はり》にぶら下がり、巨大なソテツの先端を飛び越え、うっそうと茂る葉叢《はむら》の中に消えた。もう目も合わせてくれなかった。

（彼は狩りをしているのよ。わたしは邪魔者でしかないんだわ……）

アンナは震え上がり、この先に起こり得る惨劇を思って打ちひしがれた。ヤンは〈ティカク〉を倒せば自由になれると思っている。ただ、自分が追われていて、撃たれたら死ぬことしかわからない。それ以外のことは、兵器も、装甲車も、軍がどれほど驚異的な手段を持っているかも、まったく知らないのだ。

影を探して温室の中を進む。その行く手に、アントネッティの姿が現れた。顔面蒼白で木の幹にもたれかかり、苦しそうにあえいでいる。防護服の上半身に指の太さほどの穴が開き、血が流れている。流れ弾が当たったのだろう。アンナはそばに行ってひざをつき、無造作に身体をゆさぶった。アントネッティが短く息を吐き、つらそうに口を開いた。

「きさまがとんでもない行動に出たせいだ」

「あなたが襲撃させたんでしょう、わたしじゃないわ！」

アントネッティに対しては怒りの感情しかなかったが、怪我を負った彼をこのままにはしておけない。アンナは手を貸してどうにか彼を立たせると、ライトをつけてまわりの草木にぐるりと照射した。

ヤンがふたりの会話を聞いているはずだ。なぜ出てこないのだろう？　何を待っているのだろうか？

と、枝の間から、ヤンの顔が現れた。額が真っ赤に染まっている。血まみれの姿があまりに哀れで、アンナは胸がしめつけられた。ヤンがこちらを見ながら唇をまくって獰猛《どうもう》に笑っている。目に燃えるような好戦的な光があった。

殺しあいの末に、仲間たちが次々と死んでいくのを見たのだろう。多すぎる血が流れたせいで、ヤンは人間の世界を離れてしまった。別の何かになったのだ。人間でもなく、霊長類でもない。

（別の何かに……）

「ナ、ヤン」

アンナはアントネッティをかばって前に出た。この卑劣な男を蔑んでいても、これ以上の死は耐えられない。それより何より、かつての恋人が、残虐な獣のように振る舞うところを見ていられなかった。

ヤンがうなった。苛立ちで額に皺が寄っている。

「ナ」

一歩、また一歩、アンナは近づいていった。

（彼がすべてだったのに、その彼を失ってしまったのね……）

「ヤン」アンナはおだやかな声のままささやいた。

両手を広げ、反応を待った。ヤンが動かないので、そっと身体に触れてみる。接触を受け入れてくれたようだ。だが、彼のいかつい顔には、矛盾する感情がせめぎあっている。

「わたしよ、アンナ。思い出して」

声に反応したかのように、張りつめていた筋肉がゆるんだ。うっとりと左右に揺れている。敵意がおさまったので、アンナは自分の臭いを嗅がせるために彼に抱きついた。鼻腔が震え、しゃがれ声で何かつぶやいている。

（ようやくわたしだとわかってもらえた！）

「素晴らしいわ、ヤン。ボスとしてやっていけるわね」

先ほどまでの危険は忘れてしまったらしく、目が動揺している。

「あなたには驚かされる、あなたは――」

突然、背後で金属音が聞こえ、アンナの背筋に震えが走った。振り返ると、アントネッティが拳銃を構えている。心臓が恐怖で縮み上がる。

「やめて！　ヤンを撃たないで！」

アントネッティは聞いてもいない。無言で引き金を引き、弾がヤンの肩に当たった。血がアンナに跳ね返る。銃声によるショックで身体がふらつき、倒れそうになる。頭に無数の釘が打ちつけられている気がした。その時、怪我を負ったヤンが前腕でアンナをシダの花壇に押し込めた。彼女という盾が消えて、ヤンの姿がアントネッティの前にさらされる。

（血がついている……。彼はわたしの傷に触ったのかしら？　お腹の子供は大丈夫なの？　ああ、アントネッティなんて助けるんじゃなかった！）

アンナはもはや何も考えられなくなっていた。アントネッティが、ヤンに向けてまた拳銃を構えようとしていている。ところが急に拳銃を握っていた指が開き、武器が床に落ちた。手のひらには、麻酔銃の矢が刺さっていた。

（ステファンなの？）

アントネッティは倒れないように踏んばっていたが、身体が麻痺したように動かなくなって、よろめき、ついに崩れおちた。

ヤンが動きだす前にアンナが立ち上がる。また彼に抱きつき、近くにいるはずのステファンに向かって叫ぶ。

「麻酔銃でヤンを撃ってください！」

それからヤンにささやいた。

「ごめんなさい、ヤン。あなたのためなの。奴らにあなたを殺させない。絶対に……」

支えているヤンの身体が重くなった。その瞳に果てしない悲しみが見てとれる。「俺を裏切ったのか」と訴えかけているようだ。意識がかすんで倒れそうなので、ゆっくりと横になれるよう手を貸した。撃たれた影響なのか、顔が殴られたように腫れてしまっている。ついにヤンが意識を失った。アンナはその横に座り、目を閉じて、自分の鼓動が静まるのを待った。再び目を開けた時、ステファンが立っていた。怪我をしているが、命に別状はなさそうだ。いつものように柔和な表情を浮かべている。彼はおだやかな声で話しはじめた。むしろ、おだやかすぎることをアンナは気づかなかった。

「これですべて終わったようだ」

「終わった？」

「アントネッティから私に指揮権が移ったんだよ。すでに、館内に医療チームを派遣するよう言ってある」

「その怪我はどうしたんですか？」

「噛まれてしまったよ。私も終わったんだ。私が私で居られる時間はそう長くないだろう」

「そんな……助かります」

「いや、もう助からない。それはきみが一番よくわかっているはずだ。抗ウイルス薬は近いうちに完成する。それだけで快挙だが、その時が来ても、私にはもう効果がないな……。ひとつ頼みがあるんだ、きみとマーガレットにね。どうか、娘のことを頼む」

彼は小さな声で続けた。

「きみが正しかったんだ、アンナ」

「どういうことですか？」

「リン・ヴィシュナーが、エレクトスに生殖能力がないことを証明した。あとのことは時間の問題だ。アクロフも、シェルターをつくる方向で動いてくれることになった。まさにきみが強く求めていたことだな」

ふたりは優しく見つめあった。

「私はシェルターの中で幸せになれると思うかい？」

アンナは胸がしめつけられる思いがした。

「ええ、必ず」

三

携帯電話の着信画面に表示された相手の名前を見て、アンナはのばしかけた手を止めた。

ルーカス・C。

いったいどうしたのだろう？　自分がこれからやるつもりのことを、人づてにでも聞いたのだろうか？　だとしても……。

彼とは襲撃後に軽く話をしたが、アンナはその内容すら思い出せなかった。「僕がいるから」と、ずっと繰り返されたことは覚えている。いるべきなのは、妻とふたりの息子のそばではないか？　必要な時は、いつでも駆けつけるとも言っていた気がするが……。

（必要な時って、どういう時よ……。待って、そんな言い方は彼に対して不公平だわ。運命のいたずらを、彼のせいにするべきじゃないでしょう。確かにわたしたちは一緒に仕事をして、キスして、そのあとは、わたしだけがどん底の人生を味わった。でも、あの時はわたしだって、誘いに負けて楽しんだじゃない。そうね、彼のことは今でも好きよ。でも、それがどうだって言うの？　だってあれは完全に終わったことだもの。死んだ人が生き返らないようなものよ。死んでいなくても、帰ってこない人はいるけど……）

考えるのをやめて、アンナは緑色の通話ボタンを押した。

「もう電話を取ってくれないのかと思ったよ！　ルーカスだ」

「知ってる。わたしはアンナ」

ルーカスが笑ったようで、アンナも笑わずにはいられなかった。鼓動が速くなる。

「調子はどうだい？」

「悪くはないわ……それほどはね。そうだ、言われる前に言っておかなきゃ。あなたにまったく連絡していなかったわね。きっとエネルギーが切れたんだわ、お腹に赤ちゃんまでいるし」

「わかってるよ。そうだ、もう間もなく出産じゃないか？　大変かい？」

「びっくりするくらい楽なの。このお嬢さんは、わたしに楽をさせると決めたみたい」

「女の子か。幸せそうだね……」

「ええ、とっても。あなたは？　うまくいってる？」

「僕のほうは……そうでもないかな」

冗談めかして伝えるつもりだったが、ルーカスの狙いは完全に失敗した。

「申し訳ない。きみがどうしているか知りたいだけだったのに、泣きごとを言っている」

「ルーカス、あやまらないで。わたしはそこまで世間知らずじゃないし、あんな事件を経験したのよ？　どっちのほうがつらいとか、そんなことはまったく意味がないわ。わたしはあなたがうまくいってないとわかって、残念に思っているだけなんだから」

「本当に、そんな深刻な話じゃないんだ。健康上の問題でもない。そうだな、うまくいかなくて、その、妻……マニュエラと」

「そう……」

アンナは反応を待った。自分はルーカスにとって一番助言を求めるべきではない相手のはずなのに、それでもこうして告白されたこと自体に興味をひかれたからだ。彼もそのことを理解したのか、ためらいがちに話しはじめた。

「この夏から、僕が一切の計画にかかわらなくなったことを、彼女は不満に思っているし、僕もそれはよくわかっていた。それに、子供たちのこともあってね……。とにかく僕は、全方向でいけすかない奴だったと言える」

「ルーカス……」

『そう、きみはこんな話を聞く必要はない。きみが鉄のように強くても、頭がよくて素晴らしくて、この四十年で出会った中で一番信頼できる相手だとしても、だ！」

「さすがに言いすぎじゃない？」

「そんなことないさ……」

ルーカスは続きをあいまいにしたまま口をつぐんだ。

（そんなことないし……僕はきみが忘れられなかった）

アンナがそれを聞かされたとしても、今はまだ受けとめる余裕はなかった。彼女は何気なく話題を変えた。

「わたしもまだひとりでやるべきことがあるの。知りたいでしょう？　だけど、今は教えられないわ。元気になったらまた連絡して」

「もちろんだ。僕は……僕はきみのことをずっと大切に思っているよ」

答える前にルーカスは電話を切っていた。アンナは彼の思いやりに感謝した。

ほんの数分間のたわいもない会話だった。それでもこうして彼から電話があったことで、アンナの心は温かくなっていた。この先のことはわからない。少なくとも今日のところは……。

四

エレクトスに生殖能力がないことが判明してからも、衛生状態が悪く、かつ動物との距離が近い地域では、数週間に渡って感染が続いた。抗ウイルス薬の到着に時間を要した地域でも、それは同じだった。

南アフリカは、ウイルスの発生源という要因があって症例数が激増したが、最近では彗星の尾のように減少傾向を見せている。人類は〈クルーガー・ウイルス〉との闘いを終えたのだ。もちろん、すべての問題が解決したわけではない。

科学界では、長期の休眠から不死鳥のごとく復活したウイルスのことが活発に議論されている。ただ、世論は、フューチュラバイオの経営陣に対する取り調べ結果のほうに、より関心が高いようだ。同社が世界をカオスの瀬戸際に追い込む過程は、十一月十五日付『ニューヨーク・タイムズ』紙の《多国籍企業の軽率な犯罪》という表題記事にまとめられた。

今から五年前、フューチュラバイオは〈海底探索プロジェクト〉を隠れ蓑に、密かに海溝を狩りいれ、新たなウイルスを入手する計画を立てた。一九九〇年代にアマゾンの森林の開拓を終えたため、次なる黄金郷を探していたのだ。同社はこのプロジェクトのために、潜水艦をチャーターし、日本の外海にあるマリアナ海溝や、ニュージーランドの北にあるケルマデック海溝に向かった。

海溝、あるいは〈大洋底〉と呼ばれるこれらの巨大な穴は、時に水深が一万メートル以上に達する。〈クルーガー・ウイルス〉の大本の宿主――この生物は驚くほどタコに似ている――は西ニューギニアから百キロメートルほど離れた、マリアナ海溝の最奥で発見された。実は一千万年前にも、ここ西ニューギニアで、〈クルーガー・ウイルス〉が猛威を振るっていたのである。

このタコに似た宿主は、発見後、フューチュラバイオの深海潜水艇に乗せられ、マレラネの研究施設にある高圧水槽に運びこまれた。そのあとは、不幸な偶然が重なって――何らかの操作ミスによるスタッフの強制退避、警備員の不正、感染したと思われるサルに嚙まれたこと――〈クルーガー・ウイルス〉が世に放たれ、エイズ登場以来、もっとも重大な保健衛生上の悲劇を引き起こされた。ところが、フューチュラバイオは、これらの軽率な行動のみならず、研究施設の事故について固く沈黙を守り、この隠し立てが著しい対応の遅れにつながったのだ。

最高経営責任者のパロマ・ウエバーは、公金横領と業務上過失致死の疑いでプレトリアの空港で逮捕された。スキャンダルの規模に鑑み、南アフリカ政府は、自国を象徴する製薬会社に見切りをつけた。さらには、メディアの圧力もあり、研究所の完全閉鎖と解体に加え、専門家らの強い勧告に従って生物学的封じ込めが命じられた。

フューチュラバイオの策動に対する公的調査の結果はまだこれからだが、同社の有罪は確実視されている。被害者家族へ多額な賠償は免れず、総額は五百億ドルを下らないと試算され、多国籍企業として記録的な賠償金額になるとみられている。

十章　シェルター

十二月八日
ケニア

サバンナの上空の低い空域を、国連のヘリコプターが飛んでいる。耳をつんざくようなエンジン音を背にして、動物たちが黄金色の草の間を漂うように逃げまどう。アンナはパイロットの横に座り、用があれば無線で報告を入れる。ヘリコプターがナイロビの空港を離陸してからずっと、彼女はあちこちにアカシアの葉叢が散らばる広大な平原を眺めていた。

「待ちきれないでしょう?」パイロットが笑った。

アンナは喉がしめつけられ、何も言えずうなずいた。

「わかります。凄いつくりですよね。全長二千五百キロだなんて信じられます? それが、わずか二カ月でできあがったんですよ! 友人はみんな、これなら宇宙から見えるはずだと言っていますが、そんなことになったら伝説の始まりですよ。万里の長城についてもずっと同じことが言われていたでしょう?」

パイロットが顎でアンナのお腹を示し、また笑って言った。

「出産はいつですか?」

「二カ月後くらいです」

あれこれ訊かれて答えるのはやめて、アンナは自分から話題を振ることにした。

「もうすぐ着きますか?」

「間もなくシェルターが見えてくるはずです。トゥルカナ湖に沿って、エチオピアとの国境まで広がっているんですよ……」

「あら、ウガンダとケニアにまたがっていると思っていました」

「実際は、エチオピアと南スーダン側に数キロはみ出た長方形ですよ。面積は全部で三十万キロ平米ですね。目標は、エレクトスが狩りをして、完全に自立して生きていけることです。できるだけ、当時の人口密度と一致するように、国連の専門家が範囲を決めたようですね」

「ええ、その話は聞きました」

「あなたはあちらの方でしたか?」

「あちらのって?」

「国連の……」

「そんなところです」

アンナは口を閉じ、パイロットの言葉について考えた。もちろん、シェルターについて公表されている情報はほぼ知っていたが、それでもこの光景にはひどく感動した。アンナは、運命の恋人であったヤンだけでなく、ステファンも、ほかのすべての人々に、〈人生のゆりかご〉と呼ばれたこの土地を我が家のように思ってほしかった。

アフリカのこの地域が選ばれたのは、その特殊な環境が考慮された結果だ。このあたりはステップ気候であり、ガゼルとシマウマなどの獲物が数多く生息する。そのいっぽうで、ツエツエバエによる風土病があるため、人の数が非常に少ない。

「ほら、あそこですよ！」

遠くに見える灰色のくすんだ線が、やがて風景に線を描く鉄の塀に変わった。ヘリコプターが斜めに旋回を始めると、有刺鉄線が張られた二重柵がくっきりと見えてくる。

「もうシェルターの上を飛んでみました？」アンナは尋ねた。

「そういった行為は禁止されているんですよ。先史時代の生き物が不安になるかもしれないのでね。三カ所のシェルターに共通した規則なんです」

数分後、ヘリコプターは目的地である、約二十の建物とヘリポートを備えた軍のキャンプ地に到着した。一軒のバラックの上では、国連の旗が風に揺れている。

外側の柵からたった数十メートルの距離に、もう二機、巨大なヘリコプターが見えた。

そのそばに、アンナを乗せたヘリコプターが着陸する。ブレードが砂嵐を起こし、それからゆっくりと止まった。

機外に出ると、若い兵士がにっこり笑ってアンナを歓迎してくれた。

「お会いできて光栄です、ムニエさん。大佐もお迎えに上がる予定でしたが、東地区に出動要請がありましてね。我々が置いた食料を巡って、殺しあいがあったのです」

アンナは胸が痛んだ。

（わたしはいつまでヤンのことを心配するのかしら？　ステファンのことも……）

兵士が檻を積んだピックアップトラックを指差した。アンナは息をのんで立ちすくんだ。彼が檻の中に立ち、両手で押し広げるようにして二本の鉄の棒を強く握りしめている。ヤンだ。

くるぶしのリングは外されていた。鎮静剤を打たれた様子もない。

アンナは倒れそうになりながらも、ゆっくりと近づいた。ヤンのほうでもアンナに気づき、待ちきれない様子で前後に揺れはじめた。

彼女はさらに近づき、鉄の棒の間に指をすべらせた。ヤンがそれを手のひらでやさしく受けとめる。

「アン……ナ……」しゃがれ声でヤンが言った。

「ヤン。来たわ」

ヤンがアンナの背丈に合わせてしゃがんだ。顔を鉄柵に押しつけ、そのままおとなしく撫でられている。唇が嬉しそうにゆがんだ。ひとりきりにされたのが相当寂しかったのだろう。

「あなたなら、仲間とうまくやっていける」

取り乱しそうになり、どうにかそれを抑えようとした。

「パートナーを見つけて幸せになれるから」

それでも涙が流れてしまう。ただ、自分でも涙の理由がわからなかった。ヤンがこの数カ月間の試練を終えて、ようやく安らぎを見つけられるからなのか、最後の瞬間を共に過ごせたからなのか……。アンナは頬の涙をぬぐい、後方に下がって控えていた兵士のほうを向いた。彼にうなずいて準備ができたことを伝え、檻から手を抜くと、ヤンがびくっと跳ねた。アンナが助手席に座ったのを見届けるとすぐに落ち着いたが、いつまでもアンナから目を離さない。

交互に開く二重扉を通りぬけると、扉がまたきしみながら閉まる。ピックアップトラックがシェルターの中に入った。

車は背の高い草をかきわけ、揺れながら進んでいく。ギラッフォケリクスの群れが現れ、脇をかすめるように走った。ヤンは動物が気になるようで、興味津々に見つめている。

ケニアを訪れるという決断は、容易ではなかった。アンナはヤンに再会するのが怖かった。自分を思い出してくれるだろうかと、飛行機のチケットを買ってからも、数えきれないほど自問自答した。それが今日、不安は根拠のないものだとわかった。

それと同時に、ヤンの未来に対する不安も消えていく。このシェルターでもきっと、うまくやっていけるはずだ。

そのまま二十キロほど走ったところで、ピックアップトラックが止まった。目の前に豊かな景色が広がっている。

「そう遠くない場所に川もあります。このあたりに降ろすのがいいだろうと考えていました」兵士が言う。

アンナがほっとしてうなずくと、兵士が続けた。

「私が檻の鍵を外すので、彼に外に出るよう合図を出してください。よろしいですか？」

「はい」止まったはずの涙がまたあふれ、アンナは泣きながら返事をした。

彼女の動揺を感じとったのか、ヤンが檻の奥で不信感をあらわにした。兵士が鍵を回してうしろに下がり、武器を構えて立つ。アンナはゆっくりと扉を開けた。ヤンはその場でじっとしたまま、痛い目にあわされるのではないかと疑っている。

「わたしのほうに来て」アンナは胸を叩きながらささやいた。

ヤンがじっとアンナを見つめ、この相手は怖がらなくていいと理解すると、檻の戸口に立ち、慎重に地面に降りた。ヤンはまず心配そうに兵士を見やり、それから灌木が密集するあたりを向いて、大きく息を吸った。アンナは胸が引き裂かれる思いだった。

（さあ、行って。これ以上一緒にいたら別れがつらくなるわ。取り戻した自由を楽しむのよ）

ヤンが近くに来ようとして一歩足を踏みだした。だが、そうさせるわけにはいかない。

「ナ、ヤン」

アンナは適当に遠くを指差した。

「あなたの家はもうあそこなの」

皺だらけのヤンの顔に失望の表情が浮かぶ。

（わたしが愛したのはあなた。でも、もうお別れなの）

動揺をこらえ、アンナは兵士に言った。

「準備はできました」

「本当にいいんですか？」

「やってください」

兵士が空に向けて引き金を引いた。ヤンがうしろに飛び、助けを求めてアンナを見る。

アンナは喉が詰まって息もできない。それでも、どうにか兵士に頼んだ。

「彼の足元に撃ってください」

こんなことが言えるとは、思ってもいなかった。兵士は慎重に足元を狙って撃った。衝撃で、ヤンから二十センチの距離で土くれが舞う。あまりの出来事に、ヤンが固まった。

一瞬、見たこともない怒りに満ちた顔でにらみつけられる。

これで自分は敵になった。〈ティカク〉の仲間になったのだ……。

やがて、ヤンは背中を向けると、湿地帯のほうに走っていく。数秒後、エジプトイチジクの間に消えた。

「これでいいんだわ……」

自分自身に言い聞かせるようにアンナはつぶやいた。それから、車のほうに歩きだした。

涙があとからあとからあふれた。

エピローグ

十カ月後——。

厚いベールのような川霧に包まれた平原は、所々が浮き上がり、あるいは薄らいで見えた。空では沈みゆく太陽が尾根を越えてピンク色の線を引いている。〈立ちあがる石〉が率いる群れは、丘の斜面で火をおこしていた。ちらちらと燃える熾火が、捕食者の爪と夜の寒さを遠ざける。熱い石の上で肉片がゆっくり焼けていく。

この日〈切れ耳〉は、サバンナで獲物を追った。群れには全部で七人いるが、彼はそのうちの三人の勇者とともに狩りに出た。

狩りから戻った〈切れ耳〉は、焼けた肉片を持って、ぐったりと岩にもたれる〈月の娘〉のかたわらに寄りそった。腹が重くなってから〈月の娘〉は狩りに出ることができない。〈切れ耳〉がそばに来てくれると、〈月の娘〉はいつも胸がいっぱいになる。脂の乗った肉片を渡してくれた〈切れ耳〉に、彼女は感謝して微笑み、食べはじめた。彼はその姿をじっと見守り、彼女が満腹になるまでそこにいた。

やがて夜が世界を覆うと、彼らは叢林《そうりん》でうごめく影を見つめながら、静かに過ごす。ここが彼らの縄張りだった。頭上では、無数の光が輝いていた。

突然、〈月の娘〉が〈切れ耳〉の手を取り、腹のふくらみの上に置いた。そこには、新しい生命が胎動していた。

有り得ないはずのことが成されてしまったのだ。
〈切れ耳〉は満足げにうなった。額のない顔に純粋な喜びが浮かぶ。
彼は感じていた。何かが、何かがやってくるのだ、と。
それは今夜かもしれない。

著者覚え書き

本作品の根幹をなす科学的事象は、私が生みだした〈クルーガー・ウイルス〉を除いて、すべて真実である。

種が進化の過程を逆進し得るという仮説は、十五年ほど前から指摘されている。古生物学者はこの現象を〈逆進化〉と呼ぶようになった。

ふたつの例をあげると、ヘビは進化の過程で少なくとも一回は、完全に足を復活させている。トッケイヤモリは複数回、壁に貼りつく能力を失い、再び手に入れた。似たような事例は人類にも起こっている。我々自身も、千五百万年前に手の筋肉を失い、その後に取り戻したのだ。

こうした進化の遡及《そきゅう》は、長時間休眠していた遺伝子がいきなり再活性化する現象によって起こり得ると考えられており、その証拠も増加傾向にある。中にはＳＦかと思うような研究もあるが、どれも本物なのである。

例えば二〇一六年には、サンティアゴにあるチリ大学の研究者が、ニワトリの胚に、その祖先である恐竜の遺伝子をよみがえらせることに成功している。胚に発生した二本の脚は、恐竜の脚と解剖学上の特徴がよく似ていることが判明した。この研究は、一億年前の古い遺伝子を、冬眠状態から目覚めさせたことを意味するものである。

こうした様々な例に鑑みると、人間がエレクトスに退化するかもしれないと想像してみるのも、おかしいことではあるまい？

謝辞

ベルナール・フィクソとエディット・ルブロンの信頼に。

ヴィルジニー・ジュアネとルノー・ルブロンの得難い協力に。

そしてこの実験的作品に参加してくれた全員――カロリーヌ・セール、ブルノ・バルベット、アマンディヌ・ル・ゴフに感謝を。

訳者あとがき

二〇二〇年早々、中国の武漢市で未知のウイルスの存在が明らかになった。この〈SARS－CoV－2〉による「新型コロナウイルス感染症（COVID－19）」は瞬く間に世界中に広まり、このあとがきを記している今もなお、感染の波は収まっていない。

本国フランスで『エレクトス・ウイルス』（原題『ERECTUS』）が刊行されたのが二〇一八年。作品に出会った当初、二年後にこうした未来が待っていようとは想像すらしていなかった。しかしながら、感染が拡大するにつれ、小説のエピソードが次々と現実のものとなっていく。国家間の移動が制限され、人のいない空港ロビーは不気味に静まり返り、WHOやCDCを批判する者が現れ、科学者の対応に厳しい目が向けられる――つまり、『エレクトス・ウイルス』に描かれていたことは、現実に起こり得るのだと思い知らされた。こうしたタイミングで、本作品が日本の読者の元に届けられるとは、なんたる偶然だろうか。

ウイルスをテーマにした作品は新旧問わず数多くある中、本作品の醍醐味は、なんといっても、宿主を過去の形状につくりかえるという〈クルーガー・ウイルス〉にあるだろう。幸いなことに致死性ではない。だが皮肉にも、人間にとってはそれこそが悲劇の始まりだった。恋人ヤンの感染を知ったアンナは、「死んだも同然の苦しみなのに、死んだわけではないので、彼を失ったようにも振る舞えない」ことに慟哭する。やがて彼女は、エレクトスになったヤンの中にかつての面影を認め、彼を守るために奔走する。ところが世間はエレクトスを排除する方向に動き、ついには「エレクトスは人間か」という哲学的な問いかけが起こるのだ。こうした事態に陥った時、人はどう動くか。あるいはどう動くべきか。本書を読みながらそんなことにも思いを馳せてもらえれば、訳者としてこれほど嬉しいことはない。

作者についても触れておこう。グザヴィエ・ミュレールは、物理学の博士号を取得後、科学雑誌のライターとして活躍。そのかたわらで、ヤングアダルト向けのシリーズや、若き研究者を主人公にした作品を発表している。最新作の『エレクトス・ウイルス』は、自身の得意分野である科学の知識を盛り込んだ意欲作となった。今後の彼の活躍に期待したい。

最後に、竹書房の藤井宣宏氏には数々の助言をいただいたことに、深く御礼申し上げたい。原文の解釈を導いてくれたマリー・パーラ＝アレドー氏にも感謝する。また、この刺激的な作品と出会う機会をくださったフランス語翻訳家の高野優先生に、心より謝意を表したい。

二〇二〇年夏

伊藤直子

エレクトス・ウイルス　下
ERECTUS

2020年8月6日　初版第一刷発行

著者…………グザヴィエ・ミュレール
翻訳…………伊藤直子
翻訳コーディネート…………高野 優
デザイン…………坂野公一（welle design）
本文組版…………株式会社エストール

発行人…………後藤明信
発行所…………株式会社竹書房
〒102-0072
東京都千代田区飯田橋 2-7-3
電話　03-3264-1576（代表）
03-3234-6301（編集）
http://www.takeshobo.co.jp
印刷所…………中央精版印刷株式会社

ISBN978-4-8019-2349-2 C0197